COLLECTION FOLIO

H. P. Lovecraft

L'horreur de Dunwich

Traduit de l'anglais (États-Unis)
par Jacques Papy et Simone Lamblin

Traduction révisée
par André Derval

Gallimard

Cette nouvelle est extraite de
L'horreur de Dunwich (Folio Bilingue n° 37).

Titre original :
THE DUNWICH HORROR

Howard Phillips Lovecraft est né le 20 août 1890 à Providence en Nouvelle-Angleterre (États-Unis). Son père, voyageur de commerce, est interné dans un hôpital psychiatrique où il meurt quelques années plus tard. Sa mère, gravement malade et atteinte de troubles mentaux dus à la syphilis, confie son éducation à l'une de ses amies, la poétesse Louise Imogen Guiney. Le jeune garçon est un enfant studieux à la santé fragile qui passe de longues heures solitaires dans la bibliothèque de son grand-père. Il commence à écrire des poèmes puis, dès l'âge de treize ans, des nouvelles fantastiques dans la lignée d'Edgar Poe et d'Arthur Machen et se passionne pour les phénomènes astronomiques. Sa santé l'oblige à abandonner ses études avant d'aller à l'université, mais il adhère à un groupe de journalistes amateurs avec qui il entretient une correspondance importante. Le magazine *Weird Tales* fait paraître une de ses nouvelles, *Dagon*, en 1923. La même année, au cours d'un voyage à New York, il rencontre Sonia Green qu'il épouse, mais quitte dès l'année suivante. Ils divorceront en 1929. De retour à Providence, il vit reclus, entouré de ses chats, et écrit la nuit ses plus grandes œuvres : *La couleur tombée du ciel*, *L'appel de Cthulhu*, *L'horreur de Dunwich*… Il ne rencontrera guère de succès de son vivant et est contraint de travailler pour gagner sa vie : nègre pour Houdini, veilleur de nuit dans un cinéma… Rongé par un cancer de l'intestin, il est hospitalisé et meurt le 15 mars 1937 à l'âge de quarante-sept ans. Après sa mort, son ami Derleth s'attache à faire connaître son œuvre à travers la maison d'édition Arkham House.

Lovecraft a créé un univers mythologique, fait de mystère et d'épouvante, dont le *Necronomicon*, livre imaginaire et maudit, est l'ouvrage de référence.

Lisez ou relisez les livres de H. P. Lovecraft en Folio :

L'HORREUR DE DUNWICH / *THE DUNWICH HORROR* (Folio Bilingue n° 37)

LA COULEUR TOMBÉE DU CIEL (Folio SF n° 4)

DANS L'ABÎME DU TEMPS (Folio SF n° 37)

JE SUIS D'AILLEURS (Folio SF n° 84)

PAR-DELÀ LE MUR DU SOMMEIL (Folio SF n° 107)

LA PEUR QUI RÔDE *et autres nouvelles* (Folio 3 € n° 4196)

CELUI QUI CHUCHOTAIT DANS LES TÉNÈBRES (Folio 3 € n° 4741)

Les Gorgones, les Hydres, les Chimères — sinistres légendes de Celaeno et des Harpies — peuvent se reproduire dans le cerveau de la superstition — mais elles y étaient déjà. *Ce sont des transcriptions, des types — les archétypes sont en nous, et ils sont éternels. Sinon comment le récit de ce que nous savons faux à l'état de veille pourrait-il en rien nous affecter ? Serait-ce que ces objets nous inspirent une terreur naturelle dans la mesure où nous les jugeons capables de nous infliger un dommage corporel ? Oh ! point du tout !* Ces terreurs sont d'origine plus ancienne. Elles datent d'avant le corps — *et sans le corps, elles eussent été de même... Que la sorte de crainte dont nous traitons ici soit purement spirituelle — qu'elle soit d'autant plus forte qu'elle n'a point d'objet sur terre, qu'elle prédomine dans le temps de notre enfance sans péché — autant de problèmes dont la solution pourrait permettre quelque aperçu vraisemblable de notre condition préterrestre, et un coup d'œil au moins dans le pays ténébreux de la préexistence.*

CHARLES LAMB,
Des sorcières et autres craintes nocturnes.

I

Quand un voyageur dans le centre nord du Massachusetts prend la mauvaise direction au carrefour du péage d'Aylesbury juste après Dean's Corners, il découvre une campagne étrange et désolée. Le terrain s'élève peu à peu, les murs de pierre bordés de broussailles se pressent de plus en plus vers les ornières de la route sinueuse couverte de poussière. Les arbres des nombreuses zones forestières semblent trop grands, et les herbes sauvages, ronces et graminées manifestent une luxuriance qu'on leur voit rarement dans les régions défrichées. En même temps les champs cultivés sont singulièrement rares et improductifs ; tandis que les maisons très dispersées présentent un aspect étonnamment uniforme de vieillesse, de misère et de délabrement. Sans savoir pourquoi, on hésite à demander son chemin aux silhouettes noueuses et solitaires aperçues de temps à autre sur un seuil croulant ou dans les prairies en pente semées de rochers. Elles sont tellement silencieuses et furtives qu'on se sent comme en face de choses défendues dont il vaut mieux ne pas se mêler. Quand une côte sur la route révèle les collines au-dessus des bois profonds, ce sentiment de vague malaise grandit. Les sommets sont trop arrondis, trop symétriques pour évoquer un naturel rassurant, et parfois le ciel fait ressortir avec une particulière netteté les cercles bizarres de grandes colonnes de pierre dont la plupart sont couronnés.

Des gorges et des ravins de profondeur incertaine coupent la chaussée, et les grossiers ponts de bois ne semblent jamais très sûrs. Quand la route redescend, elle traverse des étendues marécageuses qui inspirent une aversion instinctive et presque de vraies craintes à la tombée de la nuit lorsque jacassent les engoulevents invisibles et que les lucioles sortent en vols anormalement serrés pour danser au rythme insistant rauque et angoissant du bourdon strident des crapauds-buffles. L'étroit ruban scintillant du Miskatonic dans son cours supérieur rappelle curieusement l'image d'un serpent par ses méandres au pied des collines en dôme où il prend sa source.

À mesure que les collines se rapprochent, on prend garde à leurs flancs boisés plus qu'à leurs faîtes couronnés de pierre. Ils apparaissent si abrupts et si sombres qu'on les préférerait à distance, mais il n'est pas de route pour leur échapper. Au-delà d'un pont couvert on aperçoit un petit village blotti entre le cours d'eau et la pente verticale de Round Mountain, et l'on s'étonne de la grappe de toits en croupe pourrissants qui témoignent d'une époque architecturale plus ancienne que celle des environs. Il n'est guère rassurant de constater, en regardant de plus près, que la plupart des maisons sont désertes, tombent en ruine, et que l'église au clocher effondré abrite maintenant le seul commerce, fort peu engageant, du hameau. On craint de s'aventurer dans le ténébreux tunnel du pont, mais il n'y a pas moyen de l'éviter. Une fois parvenu de l'autre côté, on ne peut s'empêcher de flairer dans la rue du village la vague présence d'une odeur maligne, comme celle de la putréfaction et de la moisissure accumulées au cours des siècles. C'est toujours un soulagement de quitter cet endroit en suivant la route étroite qui longe la base des collines et franchit la plaine pour rejoindre enfin le péage d'Aylesbury. Plus tard on apprendra peut-être qu'on a traversé Dunwich.

Les étrangers passent à Dunwich le plus rarement possible, et depuis certains moments d'horreur, tous les écriteaux qui indiquaient sa direction ont été abattus. Le paysage, selon les canons esthétiques habituels, est d'une beauté peu commune ; néanmoins il n'y a pas affluence d'artistes ou de touristes l'été. Deux siècles auparavant, quand la race des sorcières, le culte de Satan et les mystérieux habitants des forêts n'étaient pas objets de plaisanteries, c'était l'usage d'invoquer des motifs pour éviter le village. À notre époque raisonnable — car l'horreur de Dunwich en 1928 a été étouffée par ceux qui eurent à cœur de préserver la paix de la ville et du monde — on l'évite sans savoir exactement pourquoi. Une raison peut-être — bien qu'elle ne joue pas pour les étrangers non informés — c'est que les indigènes sont maintenant d'une débilité répugnante, ayant poussé très loin la régression si commune à bien des coins perdus de Nouvelle-Angleterre. Ils sont arrivés à former une race à part, portant les stigmates physiques et mentaux caractérisés de la dégénérescence et des unions entre consanguins. Le niveau moyen de leur intelligence est lamentablement bas, tandis que leur chronique empeste de malignité ouverte, de meurtres semi-clandestins, d'incestes, et d'actions d'une violence et d'une perversité presque inqualifiables. La vieille aristocratie, issue des deux ou trois familles ayant droit de porter blason et venues de Salem en 1692, s'est maintenue un peu au-dessus de la corruption générale ; néanmoins plusieurs rejetons ont si profondément sombré dans la sordide populace que seuls leurs noms font encore référence aux origines qu'ils déshonorent. Certains Whateley et Bishop envoient encore leurs aînés à l'université de Harvard ou de Miskatonic, mais ces fils reviennent rarement aux toits en croupe délabrés sous lesquels ils sont nés comme leurs ancêtres.

Personne, même parmi ceux qui sont bien informés de l'horreur récente ne peut dire au juste ce qui ne va pas à Dunwich ; il est question dans les vieilles légendes de rites impies et d'assemblées secrètes où les Indiens évoquaient des ombres maudites venues des grandes collines rondes, et à leurs prières orgiaques répondaient des crépitements et des grondements terribles de l'intérieur de la terre. En 1747 le révérend Abijah Hoadley, nouveau pasteur de l'Église congrégationaliste de Dunwich, prononça un sermon mémorable sur la présence toute proche de Satan et de ses rejetons diaboliques dans lequel il disait :

> Il faut l'admettre, ces blasphèmes d'un infernal cortège de démons sont matières trop notoirement connues pour qu'on les puisse nier, les voix maudites d'*Azazel* et *Buzrael*, de *Belzebuth* et *Belial* ayant été entendues maintenant de dessous terre par plus de vingt témoins dignes de foi présentement vivants. J'ai moi-même, il n'y a pas plus d'une quinzaine, surpris un fort clair entretien des Puissances du mal sur la colline derrière ma maison ; en quoi s'entendaient craquètements et grondements, grognements, grincements et sifflements, tels que nul être en ce monde n'en saurait produire, et qui doivent nécessairement venir de ces cavernes que seule la magie noire peut déceler, et le Malin seul ouvrir.

Mr. Hoadley disparut peu après ce sermon ; mais le texte, imprimé à Springfield, existe encore. D'année en année on continua à signaler des bruits dans les collines, qui restent encore une énigme pour les géologues et les physiographes.

D'autres traditions font état d'odeurs nauséabondes près des cercles de colonnes qui couronnent les sommets, et de présences impalpables qu'à certaines heures on entend faiblement s'élancer de tel et tel endroit précis au fond des grands ravins ; d'autres enfin essaient de trouver une explication à la Salle de Bal du Diable — pente morne et ravagée où ne pousse pas un arbre, ni un buisson ou un brin d'herbe. De plus, les indigènes ont une peur mortelle des nombreux engoulevents qui se font entendre par les nuits chaudes. On assure que ces oiseaux sont des psychopompes qui guettent les âmes des mourants et qu'ils rythment leurs cris étranges à l'unisson des râles d'agonie. S'ils parviennent à saisir l'âme fugitive au moment où elle quitte le corps, ils s'envolent aussitôt dans un caquetage de rires démoniaques ; mais s'ils échouent, ils s'apaisent peu à peu dans un silence déçu.

Ces contes bien sûr sont ridicules et désuets, car ils datent de temps très anciens. En vérité Dunwich est ridiculement vieux — bien plus qu'aucune autre agglomération dans un rayon de trente miles. Au sud du village on voit encore les murs de la cave et la cheminée de l'ancienne maison Bishop, qui fut construite avant 1700 ; tandis que près des chutes les ruines du moulin, bâti en 1806, restent ce qu'on peut voir de plus moderne en fait d'architecture. L'industrie n'a pas prospéré ici, et l'essor des usines au XIXe siècle a été de courte durée. Le plus ancien de tout ce sont les grands cercles de colonnes en pierre grossièrement équarrie au sommet des collines, mais on les attribue plus généralement aux Indiens qu'aux colons. Les dépôts de crânes et d'ossements, découverts au centre de ces cercles et autour de l'assez gros rocher tabulaire de Sentinel Hill, confirment l'opinion populaire selon laquelle ces emplacements auraient été d'anciennes sépultures des Pocumtucks ; même si certains ethnologues, malgré l'absurde invraisemblance d'une telle théorie, persistent à croire que ce sont des vestiges caucasiens.

II

C'est sur la commune de Dunwich, dans une grande ferme partiellement inhabitée, bâtie à flanc de colline à quatre miles du village et à un mile et demi de toute autre habitation, que naquit Wilbur Whateley, à cinq heures du matin le dimanche 2 février 1913. On se rappela cette date parce que c'était la Chandeleur, que les gens de Dunwich célèbrent curieusement sous un autre nom ; et parce que les bruits s'étaient manifestés dans les collines, et que tous les chiens du voisinage avaient aboyé constamment durant la nuit précédente. Fait d'intérêt secondaire, la mère était l'une des Whateley déchus ; une femme albinos de trente-cinq ans, laide et quelque peu contrefaite, qui vivait avec un vieux père à moitié fou, sur lequel avaient couru dans sa jeunesse les rumeurs les plus effroyables de sorcellerie. Lavinia Whateley n'avait pas de mari connu, mais selon la coutume du pays, elle ne fit rien pour désavouer l'enfant ; quant à l'autre branche de l'ascendance, les paysans purent — ce qu'ils firent — s'interroger tout à leur aise Elle, au contraire, sembla étrangement fière du marmot brun, dont la mine de bouc faisait un tel contraste avec son propre teint blafard et ses yeux roses, et on l'entendit marmotter plus d'une prophétie singulière sur ses pouvoirs exceptionnels et son formidable avenir.

Lavinia était seule capable d'émettre de tels propos, car c'était une créature solitaire portée à courir les collines au milieu des orages, s'efforçant de lire les gros livres odorants que son père avait hérités de deux siècles de Whateley, et qui tombaient en morceaux, de vieillesse et de trous de vers. Elle n'était jamais allée à l'école, mais était pleine de bribes éparses de l'antique savoir que le vieux Whateley lui avait enseigné. La ferme retirée avait toujours été un objet de crainte à cause de la réputation de magie noire du vieux Whateley, et la mort violente inexpliquée de Mrs. Whateley, quand Lavinia eut douze ans, ne contribua pas à rendre la maison populaire. Isolée parmi d'étranges influences, Lavinia se plaisait à de fantastiques rêveries de grandeur et à des occupations singulières ; elle donnait peu de ses loisirs aux soins du ménage dans une maison d'où toutes les règles d'ordre et de propreté avaient depuis longtemps disparu.

La nuit où Wilbur naquit, un cri atroce se répercuta au-delà des bruits des collines et de l'aboiement des chiens, mais ni médecin ni sage-femme connus ne présidèrent à sa venue. Les voisins n'apprirent son existence qu'une semaine plus tard, quand le vieux Whateley arriva en traîneau dans la neige à Dunwich et tint un discours incohérent aux oisifs qui flânaient à l'épicerie Osborn. Un changement semblait s'être opéré chez le vieillard — il s'ajouta quelque chose de furtif à son cerveau embrumé, et subtilement, cet homme qui inspirait la peur en devenait la proie — bien qu'un banal événement familial n'aurait pu le troubler. Malgré tout il manifesta un peu de cet orgueil qu'on devait constater dans sa fille par la suite, et ses auditeurs se rappelèrent pendant des années ce qu'il dit du père de l'enfant.

« J'm'occupe pas de c'que les gens pensent — si l'gars d'Lavinny r'semblait à son p'pa, y s'rait comme rien de c'que vous croyez. Faut pas croire qu'les seuls gens c'est ceux d'par ici. Elle en a lu Lavinny, et elle a vu des choses qu'vous, presque tous, vous en parlez sans savoir. J'compte que son homme est aussi bon mari qu'vous pouvez en trouver de c'côté d'Aylesbury ; et si vous en saviez autant qu'moi sur les collines, vous d'manderiez pas si un mariage d'église est meilleur que l'sien. J'vais vous dire une chose : *un d'ces jours, les gars, z'entendrez un enfant d'Lavinny crier l'nom d'son père tout en haut d'Sentinel Hill !* »

Les seules personnes qui virent Wilbur pendant le premier mois de sa vie furent le vieux Zechariah Whateley, de la branche saine de la famille, et Mamie Bishop, la compagne d'Earl Sawyer. La visite de Mamie était de pure curiosité, et les récits qu'elle en fit témoignaient de ses dons d'observation ; Zechariah en revanche amenait deux vaches d'Alderney que le vieux Whateley avait achetées à son fils Curtis. Ce fut le début pour la famille du petit Wilbur d'une série d'achats de bétail qui ne prit fin qu'en 1928, lorsque l'horreur de Dunwich se manifesta et disparut ; pourtant, à aucun moment la grange branlante des Whateley ne fut surpeuplée par le cheptel. Pendant un certain temps, les gens eurent la curiosité de compter à la dérobée le troupeau précaire qui paissait sur la pente raide au-dessus de la vieille ferme, et ils ne trouvèrent jamais plus de dix ou douze spécimens anémiques et apparemment exsangues. De toute évidence, une infection ou une maladie, due peut-être au pâturage malsain ou aux fongosités et au bois pourrissant de l'immonde étable, infligeait une lourde mortalité aux bêtes des Whateley. Celles qu'on voyait là portaient des plaies, des blessures qui ressemblaient à des incisions ; et une ou deux fois au cours des premiers mois, certains visiteurs crurent discerner des plaies semblables sur la gorge du vieillard au poil gris non rasé et de sa souillon de fille albinos aux cheveux en broussaille.

Au printemps qui suivit la naissance de Wilbur, Lavinia reprit ses habituelles randonnées dans les collines, portant dans ses bras mal bâtis son enfant basané. On se désintéressa des Whateley lorsque la plupart des gens du pays eurent vu le bébé, et personne ne prit la peine de commenter les progrès rapides que le nouveau venu semblait manifester chaque jour. La croissance de Wilbur était vraiment phénoménale, car à trois mois il avait déjà la taille et la force musculaire qu'on ne voit pas d'habitude chez les enfants d'au moins un an. Ses mouvements et même les sons qu'il émettait témoignaient d'une maîtrise et d'une décision surprenantes chez un nourrisson ; ainsi personne ne s'étonna de le voir à sept mois se mettre à marcher seul, avec quelques hésitations qui disparurent le mois suivant.

Ce fut peu après — pour Hallowe'en — qu'on vit à minuit un grand feu au sommet de Sentinel Hill où la vieille pierre en forme de table se dresse au milieu de son tumulus d'anciens ossements. Il s'éleva des discussions sans fin quand Silas Bishop — l'un des Bishop de la branche saine — dit avoir vu le garçon monter la colline, courant avec ardeur devant sa mère, une heure à peu près avant l'apparition des flammes. Silas, qui rabattait une génisse égarée, faillit oublier sa mission en surprenant un instant les deux silhouettes dans la faible lueur de sa lanterne. Elles filaient presque sans bruit à travers les broussailles, et le témoin stupéfait croyait les avoir vues entièrement nues. Plus tard, il n'en était pas sûr à propos du garçon, qui portait peut-être une sorte de ceinture à franges et un caleçon ou un pantalon noir. Par la suite on ne vit jamais Wilbur, vivant et conscient, qu'entièrement vêtu, boutonné jusqu'au menton, et le moindre désordre réel ou redouté dans sa tenue lui causait visiblement beaucoup d'irritation et d'inquiétude. Le contraste à cet égard avec ses ignobles mère et grand-père fut jugé particulièrement remarquable jusqu'à ce que l'horreur de 1928 en fît entrevoir la raison la plus plausible.

En janvier les commères n'apprirent pas sans intérêt que « l'petit noiraud d'Lavinia » avait commencé à parler, bien qu'il n'ait que onze mois. Ce qui frappait dans son langage c'est qu'il différait des accents ordinaires de la région, et qu'il était libre de tout zézaiement puéril, ce que bien des enfants de trois ou quatre ans auraient pu lui envier. Ce n'était pas un bavard, pourtant quand il parlait, il semblait refléter on ne savait quoi d'insaisissable dont Dunwich et ses habitants étaient absolument dépourvus. L'étrangeté ne tenait pas à ce qu'il disait, ou même aux expressions simples qu'il employait ; mais elle paraissait vaguement liée à son intonation ou aux organes internes qui produisaient les sons articulés. Sa physionomie elle aussi surprenait par sa maturité ; car bien qu'il n'eût pas plus de menton que sa mère et son grand-père, son nez ferme et précocement formé contribuait avec ses grands yeux noirs, presque latins, à lui donner un air à peu près adulte et d'une intelligence quasi surnaturelle. Il était néanmoins extrêmement laid, si brillant qu'il parût ; il avait quelque chose de l'animalité, proche du bouc, par ses lèvres épaisses, sa peau jaunâtre aux pores dilatés, sa rude chevelure crépue et ses oreilles bizarrement étirées. On lui voua bientôt une aversion plus décidée encore qu'à sa mère et son grand-père, et toutes les hypothèses à son sujet furent assaisonnées de références à l'ancienne magie du vieux Whateley, et à l'ébranlement des collines quand un jour il avait hurlé le nom redoutable de *Yog-Sothoth* au milieu d'un cercle de pierres, tenant dans ses bras un grand livre ouvert devant lui. Les chiens détestaient l'enfant, qui était toujours obligé de prendre diverses mesures défensives contre leurs aboiements menaçants.

III

Cependant le vieux Whateley continuait à acheter du bétail sans augmenter sensiblement l'importance de son troupeau. Il se mit aussi à abattre des arbres et à réparer les parties inutilisées de sa maison — un grand bâtiment au toit pointu dont l'arrière était entièrement enfoui dans le flanc rocheux de la colline, et dont trois pièces moins délabrées du rez-de-chaussée avaient toujours suffi pour lui et sa fille. Le vieillard devait avoir de prodigieuses réserves d'énergie pour mener à bien une tâche aussi dure ; et bien qu'il bafouillât encore parfois à tort et à travers, son travail de charpentier semblait être le fruit de solides calculs. Il avait commencé dès la naissance de Wilbur, en mettant brusquement en ordre un des nombreux hangars à outils qu'il avait fermé de planches et muni d'une forte serrure neuve. À présent, en restaurant l'étage abandonné de la maison, il fut un artisan non moins minutieux. Il ne trahit sa folie qu'en condamnant toutes les fenêtres de la partie remise en état — mais beaucoup de gens estimaient déjà absurde qu'il prît la peine de réparer. Moins inexplicable fut son aménagement d'une autre chambre en bas pour son petit-fils nouveau-né — plusieurs visiteurs la virent, alors que personne ne fut admis à l'étage étroitement fermé. Il garnit cette pièce de hauts et robustes rayonnages, le long desquels il rangea peu à peu, visiblement dans un ordre scrupuleux, tous les antiques volumes pourrissants et les lambeaux de livres qui de son temps s'entassaient pêle-mêle dans tous les recoins bizarres de la maison.

« J'm'en suis ben servi », disait-il en recollant de son mieux une page arrachée, couverte de caractères gothiques, avec une colle préparée sur le fourneau rouillé de la cuisine, « mais l'gars est capab'd'en faire meilleur usage. Faudra qu'il en fasse le mieux qu'y pourra, pasqu'y vont êt'toute sa science. »

Quand Wilbur eut un an et sept mois — en septembre 1914 — sa taille et ses progrès semblèrent presque alarmants. C'était un causeur à la parole facile et incroyablement intelligent. Il courait en liberté les champs et les collines, accompagnant sa mère dans tous ses vagabondages. À la maison, il étudiait assidûment les gravures et les cartes étranges des livres de son grand-père, tandis que le vieux Whateley l'instruisait et l'interrogeait pendant les longs après-midi silencieux. À cette époque, la restauration de la maison était terminée, et ceux qui la regardèrent s'étonnèrent qu'on ait transformé une des fenêtres de l'étage en une porte solide de bois épais. C'était une fenêtre à l'arrière du pignon est, tout contre la colline ; et personne ne comprit pour quoi elle était reliée au sol par une passerelle de bois. Vers la fin de ce travail, on remarqua que le vieux hangar à outils, si soigneusement verrouillé et clos sans la moindre fenêtre, était de nouveau abandonné. La porte s'ouvrait d'elle-même, et quand un jour Earl Sawyer y pénétra après avoir vendu du bétail au vieux Whateley il fut complètement bouleversé par l'odeur singulière qu'il dut affronter — une telle puanteur, déclara-t-il, qu'il n'en avait jamais senti de toute sa vie, sauf près des cercles indiens sur les collines, et qui ne pouvait venir de rien de sain ni de ce monde-ci. Encore que les maisons et les remises des gens de Dunwich n'aient jamais été remarquables par leur irréprochable qualité olfactive.

Les mois suivants ne comptèrent pas d'événements visibles, mais chacun jurait qu'il y avait une augmentation lente mais régulière des bruits mystérieux des collines. La veille du 1er mai 1915 des secousses furent ressenties jusqu'à Aylesbury, alors qu'avant la Toussaint suivante se produisit un grondement souterrain curieusement synchronisé avec des jets de flamme — « ces manigances ed'sorciers des Whateley » — du haut de Sentinel Hill. Wilbur poussait prodigieusement, au point qu'il paraissait dix ans quand il entra dans sa quatrième année. Il lisait seul à présent, avec avidité, mais parlait beaucoup moins qu'auparavant. Il s'absorbait dans une taciturnité réfléchie, et pour la première fois on commença à parler explicitement de l'apparition du Mal sur son visage de bouc. Il lui arrivait de marmonner un jargon incompréhensible, et de psalmodier sur des rythmes bizarres qui glaçaient l'auditeur d'un sentiment de terreur inexplicable. L'aversion que lui témoignaient les chiens était désormais de notoriété publique, et il lui fallait porter sur lui un pistolet pour parcourir le pays sans danger. L'usage qu'il en fit à l'occasion ne rehaussa pas sa popularité parmi les propriétaires de chiens de garde.

Les rares visiteurs trouvaient souvent Lavinia seule au rez-de-chaussée, tandis que des cris et des bruits de pas étranges retentissaient à l'étage condamné. Elle ne parlait jamais de ce que son père et le garçon faisaient là-haut, bien qu'une fois elle pâlit et manifesta une crainte excessive lorsqu'un colporteur de poisson facétieux fit mine d'ouvrir la porte verrouillée qui menait à l'escalier. Ce marchand raconta aux gens qui flânaient dans la boutique de Dunwich qu'il avait cru entendre un cheval trépigner à l'étage au-dessus. Les flâneurs réfléchirent, songeant à la porte, à la passerelle, et au bétail qui disparaissait si vite. Puis ils frissonnèrent en se rappelant les rumeurs qui couraient sur la jeunesse du vieux Whateley, et les êtres surnaturels que l'on faisait sortir de terre, au temps prescrit, en sacrifiant un bœuf à certains dieux païens. On avait remarqué depuis quelque temps que les chiens commençaient à éprouver pour toute la maison Whateley une aversion et une peur aussi violentes qu'à l'égard du jeune Wilbur lui-même.

En 1917 ce fut la guerre, et le propriétaire terrien Sawyer Whateley, en tant que président du bureau de recrutement local, eut beaucoup de peine à trouver à Dunwich un contingent de jeunes gens aptes même à être envoyés dans un camp d'instruction. Le gouvernement, alarmé de tels signes de dégénérescence collective d'une région, dépêcha plusieurs fonctionnaires et médecins experts pour enquêter, et mena ainsi une étude que les lecteurs des journaux de Nouvelle-Angleterre se rappellent peut-être. Ce fut la publicité faite à cette enquête qui mit les reporters sur la piste des Whateley, et inspira au *Boston Globe* et à l'*Arkham Advertiser* dans leurs numéros du dimanche, des articles fulgurants sur la précocité du jeune Wilbur, la magie noire du vieux Whateley, les rayonnages de livres étranges, l'étage condamné de l'antique ferme, et le mystère de toute cette région avec les bruits de ses collines. Wilbur avait alors quatre ans et demi, et on l'aurait pris pour un gars de quinze ans. Ses lèvres et ses joues débordaient d'un duvet noir et rude, et sa voix commençait à muer.

Earl Sawyer se rendit chez les Whateley avec des équipes de reporters et de photographes, attirant leur attention sur la singulière puanteur qui semblait à présent sourdre des lieux interdits à l'étage supérieur. C'était, disait-il, la même odeur qu'il avait sentie dans le hangar à outils, abandonné quand la maison fut enfin restaurée ; la même que les faibles émanations qu'il croyait percevoir quelquefois près des cercles de pierre sur les sommets. Les gens de Dunwich lurent les articles quand ils parurent, et se gaussèrent d'erreurs manifestes. Ils s'étonnèrent aussi que les journalistes insistent autant sur le fait que le vieux Whateley payait toujours son bétail en pièces d'or extrêmement anciennes. Les Whateley avaient reçu leurs visiteurs avec une répugnance mal dissimulée, mais ils n'osèrent pas risquer un surcroît de publicité en opposant la violence ou en refusant de parler.

IV

Pendant une dizaine d'années, la chronique des Whateley se fondit indistinctement dans la vie courante d'une communauté malsaine habituée à leurs bizarreries et endurcie à leurs orgies de la veille du 1er mai et de la Toussaint. Deux fois l'an ils allumaient des feux sur Sentinel Hill, et aux mêmes moments les grognements de la montagne revenaient avec de plus en plus de virulence ; cependant qu'en toute saison il se passait d'étranges et sinistres choses dans la ferme solitaire. À la longue les visiteurs en vinrent à affirmer que l'on entendait des bruits dans l'étage condamné même quand toute la famille était en bas, et ils se demandèrent avec quelle promptitude ou quelle lenteur une vache ou un bœuf étaient habituellement sacrifiés. On parla de déposer une plainte auprès de la Société pour la prévention des cruautés envers les animaux, mais le projet n'eut pas de suite car les gens de Dunwich ne tiennent jamais à attirer sur eux l'attention du monde extérieur.

Vers 1923, alors que Wilbur était un garçon de dix ans dont l'esprit, la voix, la stature et le visage barbu donnaient l'impression d'une complète maturité, la vieille maison subit un second grand assaut de charpentage. Tout se passa à l'intérieur de l'étage interdit, et d'après les débris de bois de charpente mis au rebut, on conclut que le jeune homme et son grand-père avaient abattu toutes les cloisons et même supprimé le plancher du grenier, ne laissant qu'un immense espace vide entre le rez-de-chaussée et le toit pointu. Ils avaient aussi démoli la grande cheminée centrale et muni la cuisinière rouillée d'un léger tuyau de poêle extérieur en fer-blanc.

Au printemps suivant le vieux Whateley remarqua qu'un grand nombre d'engoulevents sortaient de Cold Spring Glen pour venir la nuit pépier sous sa fenêtre. Il parut y voir un fait d'une grande signification et dit aux désœuvrés de chez Osborn qu'il croyait son heure sur le point de sonner.

« Y sifflent juste comme j'respire, à présent, dit-il, et j'crois ben qu'y s'apprêtent à attraper mon âme. Y savent qu'a va sortir, et n'comptent pas la manquer. Vous l'saurez ben, les gars, quand j's'rai parti, s'y m'ont pris ou pas. S'y m'prennent, y front qu'chanter et ricasser jusqu'au p'tit jour. Sans ça y s'calmeront peu à peu. J'crois ben qu'eux et les âmes qu'y chassent y z'ont des sacrées bagarres quequ'fois. »

La nuit de Lammas[1] 1924, le docteur Houghton d'Aylesbury fut appelé d'urgence par Wilbur Whateley, qui avait fouetté son dernier cheval à travers les ténèbres pour téléphoner de chez Osborn, au village. Il trouva le vieux Whateley au plus mal, le rythme cardiaque et le bruit de la respiration stertoreuse annonçant une fin imminente. L'informe fille albinos et le petit-fils étonnamment barbu étaient debout à son chevet, tandis que du gouffre vacant au-dessus d'eux venait l'évocation inquiétante d'une houle ou d'un clapotement rythmique, tels ceux des vagues sur une grève plate. Le médecin, pourtant, fut surtout troublé par les oiseaux de nuit qui jacassaient dehors ; une légion apparemment innombrable d'engoulevents qui criaient leur interminable message en répétitions diaboliquement rythmées sur le halètement sifflant du mourant. C'était surnaturel et monstrueux — trop semblable, songeait le docteur Houghton, à toute cette région où il était entré bien à contrecœur en réponse à l'appel urgent.

Vers une heure du matin le vieux Whateley reprit conscience, et interrompit son souffle bruyant pour adresser à son petit-fils quelques phrases entrecoupées.

1. Fête des premières récoltes ou des moissons *(Toutes les notes sont des traducteurs.)*

« Plus de place, Willy, faut plus de place bientôt. Tu pousses — et *ça* pousse ben pus vite. Ys'ra bentôt prêt à t'servir, mon gars. Ouvre les portes à Yog-Sothoth avec la grande incantation qu'tu trouv'ras à la page 751 de l'*édition complète*, et *alors* mets l'feu à la prison. Le feu d'la terre peut pus l'brûler à c't'heure. »

De toute évidence, il était complètement fou. Après une pause, durant laquelle, dehors, la volée d'engoulevents réglait ses cris sur le nouveau rythme de son souffle tandis que venaient de très loin quelques indices des étranges bruits de la colline, il ajouta une ou deux phrases encore.

« Donnes-y à manger régulièrement, Willy, et attention à la quantité ; mais l'laisse pas pousser trop vite pour la place, pasque s'y crève son logement ou s'y s'ensauve avant qu't'ouvres à Yog-Sothoth, c'est fini et ça vaut pus rien. Y a qu'eux d'au-delà pour l'faire multiplier et travailler... Ya qu'eux, les Anciens qu'veulent rev'nir... »

Mais la parole fit place de nouveau aux halètements, et Lavinia hurla en entendant les engoulevents suivre la nouvelle cadence. Cela dura plus d'une heure, puis vint le dernier râle guttural. Le docteur Houghton abaissa les paupières ridées sur les yeux gris déjà vitreux tandis que le tumulte des oiseaux s'éteignait insensiblement jusqu'au silence. Lavinia sanglotait, mais Wilbur n'eut qu'un rire étouffé cependant que les bruits de la colline grondaient faiblement.

« Ils l'ont pas eu », murmura-t-il de sa profonde voix de basse.

Wilbur était alors un savant d'une érudition réellement formidable dans son domaine si particulier, et s'informait discrètement par correspondance auprès de nombreux bibliothécaires de villes lointaines où l'on conservait les livres rares et interdits d'autrefois. Il était de plus en plus craint et détesté autour de Dunwich à cause de certaines disparitions d'adolescents dont on le soupçonnait vaguement d'être responsable ; mais il réussissait toujours à étouffer les recherches soit par la crainte soit en usant de la réserve d'or venu du passé qui, comme au temps de son grand-père, assurait régulièrement et de plus en plus les achats de bétail. Sa maturité était maintenant très frappante, et sa taille, après avoir atteint la limite normale d'un adulte, semblait devoir la dépasser. En 1925, quand un correspondant érudit de l'université de Miskatonic vint le voir un jour puis repartit blême et perplexe, il mesurait plus de six pieds trois quarts[1].

Depuis des années Wilbur traitait avec un mépris grandissant sa mère albinos et contrefaite, lui interdisant enfin de l'accompagner dans les collines la veille du 1er mai et de la Toussaint ; et en 1926 la malheureuse avoua à Mamie Bishop qu'elle en avait peur.

1. Environ un mètre quatre-vingt-douze.

« Y a tant d'choses chez lui que j'peux pas t'expliquer, Mamie, dit-elle, mais à c't'heure y en a d'aut'que j'comprends pas moi-même. Je l'jure devant Dieu, j'sais pas c'qu'y cherche ni c'qu'il essaie d'faire. »

Cette fois pour Hallowe'en les bruits des collines tonnèrent plus fort que jamais, et comme toujours des feux s'allumèrent sur Sentinel Hill ; mais les gens remarquèrent surtout les cris rythmés d'immenses vols d'engoulevents anormalement attardés, qui s'étaient assemblés près de la ferme sans lumière des Whateley. Après minuit leurs voix perçantes éclatèrent en une sorte de rire énorme et démoniaque qu'on entendit dans tout le pays et qui ne finit par s'apaiser qu'à l'aube. Alors ils s'envolèrent à tire-d'aile vers le sud où ils se faisaient attendre depuis un mois au moins. Ce que cela signifiait, personne ne le sut vraiment que plus tard. Apparemment aucun des habitants du voisinage n'était mort — mais la pauvre Lavinia Whateley, l'albinos contrefaite, avait disparu pour toujours.

Pendant l'été 1927 Wilbur répara deux appentis dans la cour de la ferme, et commença à y transporter ses livres et ses effets. Peu après Earl Sawyer raconta aux oisifs de chez Osborn que d'autres travaux étaient en cours à la ferme Whateley. Wilbur condamnait toutes les portes et les fenêtres du rez-de-chaussée et semblait abattre les cloisons comme lui et son grand-père l'avaient fait à l'étage quatre ans plus tôt. Il vivait dans l'un des appentis, et Sawyer lui avait trouvé l'air exceptionnellement soucieux et tremblant. Les gens en général le soupçonnait de savoir quelque chose sur la disparition de sa mère, et très rares étaient désormais ceux qui s'aventuraient près de chez lui. Il mesurait plus de sept pieds, et rien n'indiquait qu'il cessât de grandir.

V

L'hiver suivant amena cet événement surprenant du premier déplacement de Wilbur hors de la commune de Dunwich. Sa correspondance avec la Widener Library de Harvard, la Bibliothèque nationale de Paris, le British Museum, l'université de Buenos Aires et la bibliothèque de l'université de Miskatonic à Arkham n'avait pu lui obtenir le prêt d'un livre dont il avait terriblement besoin ; si bien qu'il finit par se mettre en route en personne, râpé, sale, barbu, avec son parler barbare, pour consulter l'exemplaire de Miskatonic qui était le plus proche géographiquement. Faisant presque huit pieds de haut et portant une valise bon marché toute neuve des magasins Osborn, cette brune gargouille à mine de bouc apparut un jour dans les rues d'Arkham en quête du volume redoutable gardé sous clé à la bibliothèque du collège — le hideux *Necronomicon* de l'Arabe fou Abdul Alhazred dans la traduction latine d'Olaus Wormius, imprimée en Espagne au XVIIe siècle. Il n'avait jamais vu la ville, mais n'eut d'autre idée que de trouver le chemin de l'université ; il passa en effet sans y penser près du gros chien de garde aux crocs blancs qui aboya avec une fureur extraordinaire en tirant frénétiquement sur sa forte chaîne.

Wilbur avait emporté l'exemplaire précieux mais incomplet de la version anglaise du docteur Dee que lui avait légué son grand-père, et dès qu'on lui eut communiqué le volume en latin il se mit à collationner les deux textes dans le but de découvrir certain passage qui aurait dû se trouver à la page 751 de son propre livre incomplet. C'est là ce que par simple politesse il déclara au bibliothécaire — ce même savant Henry Armitage (A. M. Miskatonic, Ph. D. Princeton, Litt. D. Johns Hopkins [1]) qui était venu une fois à la ferme et l'accablait maintenant de questions courtoises. Il dut reconnaître qu'il cherchait une sorte de formule ou d'incantation contenant le nom redoutable de *Yog-Sothoth*, et qu'il était embarrassé devant les divergences, les répétitions et les ambiguïtés qu'il rencontrait, si bien que la détermination était loin d'être facile. Pendant qu'il copiait la formule qu'il avait finalement choisie, le docteur Armitage regarda involontairement pardessus son épaule les pages ouvertes ; celle de

1. Maître ès lettres, docteur en philosophie Princeton, docteur ès lettres Johns Hopkins.

gauche, dans le texte latin, contenait des menaces monstrueuses contre la paix et la santé mentale du monde.

> Et il ne faut point croire, disait le texte qu'Armitage traduisait mentalement, que l'homme est le plus vieux ou le dernier des maîtres de la terre, ou que la masse commune de vie ou de substance soit seule à y marcher. Les Anciens ont été, les Anciens sont, et les Anciens seront. Non dans les espaces que nous connaissons, mais *entre* eux.
>
> Ils vont sereins et primordiaux, sans dimensions et invisibles à nos yeux. *Yog-Sothoth* connaît la porte. *Yog-Sothoth* est la porte. *Yog-Sothoth* est la clé et le gardien de la porte. Le passé, le présent, le futur, tous sont un en *Yog-Sothoth*. Il sait où les Anciens ont forcé le passage jadis, et où Ils le forceront de nouveau. Il sait où Ils ont foulé les champs de la terre, et où Ils les foulent encore, et pourquoi nul ne peut les voir quand Ils le font. À leur odeur, les hommes peuvent parfois connaître qu'Ils sont proches, mais de leur apparence aucun homme ne peut rien savoir, *si ce n'est sous les traits de ceux qu'Ils ont engendrés chez les hommes*; et de ceux-ci sont plusieurs espèces, différant par leur figure, depuis la plus véridique *eidolon*[1] de l'homme à cette forme invisible et sans substance qui est *Eux*. Ils passent, nauséabonds et inaperçus dans les lieux solitaires où les Paroles ont été prononcées et les Rites ont été hurlés tout au long en leurs Temps. Leurs voix jargonnent dans le vent, et Leur conscience marmonne dans la terre. Ils courbent la forêt et écrasent la ville,

1. Image, en grec.

pourtant ni forêt ni ville ne peuvent apercevoir la main qui frappe. Kadath Les a connus dans le désert glacé, et quel homme connaît Kadath ? Le désert de glace du Sud et les îles englouties de l'Océan renferment des pierres où Leur sceau est gravé, mais qui a jamais vu la ville au fond des glaces et la tour scellée festonnée d'algues et de bernacles ? Le grand Cthulhu est Leur cousin, encore ne Les discerne-t-il qu'obscurément. *Iä ! Shub-Niggurath !* Vous Les connaîtrez comme une infection. Leur main est sur votre gorge, bien que vous ne Les voyiez pas ; et Leur demeure ne fait qu'un avec votre seuil bien gardé. *Yog-Sothoth* est la clé de la porte, par où les sphères communiquent. L'homme règne à présent où Ils régnaient jadis ; Ils régneront bientôt où l'homme règne à présent. Après l'été l'hiver, et après l'hiver l'été. Ils attendent, patients et terribles, car Ils régneront de nouveau ici-bas.

Le docteur Armitage, associant ce qu'il lisait avec ce qu'il avait appris sur Dunwich et ses menaces latentes, sur Wilbur Whateley, son aura trouble et hideuse se déployant entre une origine douteuse et l'ombre d'un probable matricide, ressentit une vague de terreur, aussi tangible que le souffle humide et glacé d'un tombeau. Le géant à mine de bouc penché devant lui semblait la progéniture d'une autre planète ou d'une autre dimension ; quelque chose qui n'était qu'à moitié humain, et lié aux noirs abîmes d'essence et d'entité qui s'étendent tels des fantasmes de titan au-delà de toutes les sphères de la force et de la matière, de l'espace et du temps. Bientôt Wilbur leva la tête et se mit à parler de cette voix singulière et vibrante qui faisait supposer des organes phonateurs différents de ceux du commun des mortels.

« Mr. Armitage, dit-il, j'vois qu'y faut qu'j'emporte ce livre chez moi. Y a dedans des choses que j'dois essayer dans certains conditions que j'peux pas avoir ici, et ça s'rait péché mortel d'me laisser arrêter par une règle administrative. Laissez-moi l'emporter, monsieur, et j'jurerais qu'personne verra la différence. J'ai pas besoin d'vous dire qu'j'y f'rai bien attention. C'est pas moi qu'ai mis c't'exemplaire de Dee dans l'état qu'il est... »

Il s'interrompit en lisant sur le visage du bibliothécaire un refus décidé, et sa face de bouc se fit rusée. Armitage, sur le point de lui dire qu'il pouvait copier les passages dont il avait besoin, songea soudain aux conséquences possibles et se reprit. C'était une trop lourde responsabilité que de donner à un être pareil la clé de ces sphères impies d'outre-monde. Whateley comprit ce qu'il en était, et essaya de répondre d'un ton dégagé.

« Eh ben ça va, si c'est vot'idée. Peut-être qu'Harvard f'ra pas tant d'histoires. » Et sans un mot de plus il se leva puis quitta le bâtiment à grands pas, en se baissant pour passer chaque porte.

Armitage entendit les aboiements féroces du gros chien de garde, et observa Whateley tandis qu'il traversait de ses longues enjambées de gorille le bout de campus visible de la fenêtre. Il songea aux récits extravagants qu'il avait entendus, et se rappela les vieux articles du dimanche dans l'*Advertiser* ; tout cela et les éléments traditionnels qu'il avait recueillis auprès des paysans et des villageois de Dunwich lors de son unique visite. Des êtres invisibles étrangers à la terre — ou du moins à la terre tridimensionnelle — se ruaient, fétides et redoutables, à travers les vallons de Nouvelle-Angleterre, et ruminaient indécemment sur les sommets. Il en était convaincu depuis longtemps déjà. Maintenant il lui semblait ressentir la présence proche d'une partie terrible de l'horreur envahissante, et entrevoir une progression dans le ténébreux pouvoir de l'antique cauchemar autrefois inactif.

Il remit sous clé le *Necronomicon* avec un frisson de dégoût, mais la pièce empestait encore d'une infection impie et inidentifiable. « Vous les connaîtrez comme une infection », murmura-t-il. Oui, l'odeur était bien celle qui l'avait écœuré à la ferme des Whateley moins de trois ans plus tôt. Il évoqua une fois encore Wilbur, bouc sinistre, et eut un rire de dérision pour les rumeurs villageoises sur sa filiation.

« Unions consanguines ? se dit-il à mi-voix. Grand Dieu, quels benêts ! Montrez-leur le Grand

Dieu Pan d'Arthur Machen[1] et ils le croiront né d'un quelconque scandale de Dunwich ! Mais quel être — quel maudit pouvoir sans forme de cette terre à trois dimensions ou d'ailleurs — fut le père de Wilbur Whateley ? Né à la Chandeleur — neuf mois après la veille du 1er mai 1912, date à laquelle Arkham entendit parler pour la première fois des étranges bruits souterrains. Qu'est-ce qui hanta les collines cette nuit de mai ? Quelle horreur, pour Roodmas[2], vint se fixer sur terre sous une forme semi-humaine de chair et de sang ? »

Au cours des semaines suivantes le docteur Armitage entreprit de réunir toutes les informations possibles sur Wilbur Whateley et les présences invisibles qui hantaient Dunwich. Il se mit en rapport avec le docteur Houghton d'Aylesbury, qui avait assisté le vieux Whateley dans sa dernière maladie, et trouva ample matière à réflexion dans les dernières paroles du grand-père rapportées par le médecin. Une visite au village ne lui apporta rien de plus ; mais l'examen attentif du *Necronomicon*, dans les passages que Wilbur avait si avidement recherchés, parut fournir de nouveaux et terribles indices sur la nature, les méthodes et les désirs du mal inconnu qui menaçait obscurément cette planète. Des entretiens avec plusieurs étu-

1. Auteur anglais de récits d'horreur (1863-1947). *Le Grand Dieu Pan* est l'un de ses romans, sinistre, paru en 1894 et toujours édité en français.

2. *Roodmas :* fête de l'invention de la sainte Croix, le 3 mai.

diants de Boston spécialisés dans les traditions archaïques, et une correspondance avec beaucoup d'autres, ailleurs, le plongèrent dans une stupeur grandissante qui passa peu à peu par divers degrés d'anxiété jusqu'à devenir un état de véritable angoisse spirituelle. À mesure que l'été avançait il sentit confusément qu'il fallait faire quelque chose contre les terreurs embusquées dans la vallée du haut Miskatonic, et l'être monstrueux connu dans le monde humain sous le nom de Wilbur Whateley.

VI

L'horreur de Dunwich elle-même survint entre Lammas et l'équinoxe[1] en 1928, et le docteur Armitage fut l'un des témoins de son monstrueux prologue. Il avait appris, entre-temps, la grotesque visite de Whateley à Cambridge, et ses efforts frénétiques pour emprunter ou copier le *Necronomicon* à la Widener Library de Harvard. Ces efforts avaient été vains car Armitage avait adressé les mises en garde les plus pressantes à tous les bibliothécaires qui avaient la charge du redoutable volume. Wilbur s'était montré excessivement nerveux à Cambridge ; impatient d'obtenir le livre, mais presque autant de rentrer chez lui, comme s'il craignait les effets d'une absence prolongée.

Au début d'août se produisit la conséquence à laquelle on pouvait s'attendre, et aux premières heures du 3 août le docteur Armitage fut brus-

1. C'est-à-dire entre la fête des moissons, le 1er août, et l'équinoxe, le 23 septembre.

quement réveillé par les cris violents, furieux, du chien féroce qui gardait le campus du collège. Grondements et aboiements enragés déchaînaient, profonds et terrifiants, toujours plus bruyants, mais avec des silences atrocement éloquents. Puis éclata un cri jailli d'une tout autre gorge — un cri à réveiller la moitié des dormeurs d'Arkham et à hanter leurs rêves jusqu'à leur dernier jour — un cri que n'avait pu pousser aucun être né de la terre, ou de la terre seule.

Armitage enfila en hâte quelques vêtements et traversant précipitamment la rue et la pelouse en direction des bâtiments du collège il vit que d'autres l'avaient devancé ; et il perçut les échos d'une sonnerie d'alarme qui retentissait encore, venant de la bibliothèque. Une fenêtre ouverte restait noire et béante au clair de lune. Ce qui était venu avait vraiment fini par entrer ; car l'aboiement et le cri, qui à présent s'éteignaient en un sourd mélange de grognement et de plainte, venaient incontestablement de l'intérieur. Un instinct avertit Armitage que ce qui se passait là n'était pas pour des yeux non préparés, et il repoussa la foule avec autorité tout en ouvrant la porte du vestibule. Parmi les autres il aperçut le professeur Warren Rice et le docteur Francis Morgan, à qui il avait parlé de ses hypothèses et de ses appréhensions ; il fit signe à tous deux d'entrer avec lui. À part un grognement monotone et vigilant du chien, les bruits avaient alors complètement cessé ; mais Armitage s'aperçut avec un sursaut que dans les arbustes un chœur bruyant d'engoulevents avait commencé à criailler sur un rythme détestable, comme à l'unisson des derniers souffles d'un mourant.

Le bâtiment était plein d'une puanteur effroyable que le docteur Armitage ne connaissait que trop ; les trois hommes s'élancèrent de l'autre côté du couloir vers la petite salle de lecture de généalogie d'où venait le sourd gémissement. Pendant une seconde, personne n'osa donner la lumière, puis Armitage rassembla son courage et tourna le commutateur. L'un des trois — on ne sait trop lequel — poussa un cri perçant devant ce qui s'étalait entre les tables en désordre et les chaises renversées. Le professeur Rice déclare qu'il a perdu connaissance un instant, sans pourtant trébucher ni tomber.

Le monstre qui gisait sur le flanc, plié en deux dans une mare fétide d'un fluide jaune verdâtre d'une viscosité de goudron, mesurait près de neuf pieds, et le chien avait arraché tous les vêtements et une partie de la peau. Il n'était pas tout à fait mort, et se convulsait en silence, par à-coups tandis que sa poitrine se soulevait, monstrueusement accordée aux cris déments des engoulevents qui attendaient dehors. Des bouts de chaussures et de tissu jonchaient la pièce et juste sous la fenêtre un sac de toile vide traînait là où manifestement on l'avait jeté. Un revolver était tombé près du bureau central, une cartouche bosselée mais non déchargée expliquant plus tard pourquoi il n'avait pas servi. Le monstre lui-même, néanmoins, évinçait toute autre image pour l'instant. Il serait banal et inexact de dire qu'aucune plume humaine ne saurait le décrire, mais on peut avancer avec raison que pour se le représenter avec quelque vérité il ne faut pas associer trop étroitement les notions d'aspect et de contour avec les formes vivantes ordinaires de cette planète et avec les trois dimensions connues. Il était partiellement humain sans aucun doute, avec ses mains et sa tête d'homme, et sa face de bouc sans menton portait la marque des Whateley. Mais le torse et le bas du corps relevaient d'une tératologie fabuleuse au point que seuls d'amples vêtements avaient pu lui permettre de se déplacer sur terre sans être interpellé ou supprimé.

Au-dessus de la taille il était semi-anthropomorphe, bien que sa poitrine, que le chien attentif tenait toujours sous ses griffes, fût recouverte d'un cuir réticulé comme celui d'un crocodile ou d'un alligator. Le dos bigarré de jaune et de noir évoquait vaguement la peau squameuse de certains serpents. Au-dessous de la ceinture c'était bien pire ; car toute ressemblance humaine cessait, et commençait la totale fantasmagorie. Il était couvert d'une épaisse et rude fourrure noire, et de l'abdomen pendaient mollement vingt longs tentacules gris verdâtre munis de ventouses rouges.

Ils étaient bizarrement disposés selon les symétries de quelque géométrie cosmique inconnue de la terre ou du système solaire. Sur chaque hanche, profondément enfoncé dans une sorte d'orbite rose munie de cils, s'ouvrait ce qui semblait un œil rudimentaire ; en guise de queue, une espèce de trompe ou d'antenne marquée d'anneaux violets et qui selon certains indices devait être l'ébauche d'une bouche ou une gorge. Les membres, à part leur fourrure noire, ressemblaient grossièrement aux pattes de derrière des sauriens géants de la terre préhistorique ; ils se terminaient en bourrelets nervurés d'arêtes qui n'étaient ni sabots ni pattes. Quand la créature respirait, sa queue et ses tentacules changeaient de couleur au même rythme, comme par un phénomène circulatoire normal dans la branche non humaine de son ascendance. Ceci s'observait dans les tentacules par un assombrissement de la teinte verdâtre, tandis que dans la queue un aspect jaunâtre alternait avec un blanc grisâtre écœurant entre les anneaux violets. Il n'y avait pas de sang à proprement parler ; rien que la fétide humeur jaune verdâtre qui suintait sur le plancher peint autour de la flaque visqueuse, laissant derrière elle une étrange décoloration.

La présence des trois hommes parut ranimer la créature mourante, qui se mit à marmotter sans tourner ni lever la tête. Le docteur Armitage ne garda pas de trace écrite de ses grimaces, mais il affirme absolument que pas un mot d'anglais ne fut prononcé. Au début les syllabes défiaient tout rapprochement avec aucun langage terrestre, mais vers la fin il apparut quelques fragments incohérents manifestement empruntés au *Necronomicon*, ce monstrueux blasphème dont la quête avait causé la perte de l'être indéfinissable. Ces fragments, tels qu'Armitage se les rappelle, donnaient quelque chose comme « *N'gai, n'ha'ghaa, bugg-shoggog, y'hah ; Yog-Sothoth, Yog Sothoth...* ». Ils s'estompèrent jusqu'au néant tandis que les engoulevents criaient en des crescendos rythmés d'une infernale impatience.

Puis le halètement s'arrêta, et le chien levant la tête poussa un long hurlement lugubre. Un changement s'opéra dans la face de bouc jaune du monstre abattu, et les grands yeux noirs s'affaissèrent effroyablement. Dehors le bruit perçant des engoulevents avait soudain cessé et au-dessus des murmures de la foule qui se formait monta un bruissement, un battement d'ailes affolé. Devant la lune, des nuées immenses de guetteurs emplumés s'élancèrent et disparurent, terrorisés par ce dont ils avaient cherché à faire leur proie.

Brusquement, le chien eut un sursaut, poussa un aboiement de frayeur et bondit fébrilement par la fenêtre qu'il avait franchie pour entrer. Une clameur monta de la foule, et le docteur Armitage cria aux hommes dehors que personne ne devait entrer avant l'arrivée de la police et du médecin légiste. Se félicitant que les fenêtres fussent trop hautes pour permettre de regarder à l'intérieur, il tira soigneusement les rideaux sombres devant chacune. À ce moment deux agents de police s'étaient présentés, et le docteur Morgan, allant à leur rencontre dans le vestibule, les pressait vivement dans leur propre intérêt d'attendre pour entrer dans la salle de lecture empestée que le légiste fût venu et qu'on ait pu recouvrir ce qui gisait là.

Pendant ce temps d'effroyables métamorphoses s'accomplissaient sur le plancher. Il est inutile de décrire le *genre* et le *degré* de réduction et de désintégration qui se produisirent sous les yeux du docteur Armitage et du professeur Rice ; mais il est permis de dire que, en dehors de l'aspect extérieur du visage et des mains, Wilbur Whateley n'avait pas dû avoir grand-chose de réellement humain. Quand le médecin légiste arriva, il ne restait sur les lattes peintes qu'une masse visqueuse blanchâtre, et l'odeur monstrueuse avait presque disparu. Whateley n'avait apparemment ni crâne ni squelette osseux ; du moins pas au sens réel et précis. Il tenait en quelque sorte de son père inconnu.

VII

Tout cela pourtant ne fut que le prologue de la véritable horreur de Dunwich. Des fonctionnaires stupéfaits procédèrent aux formalités habituelles, on cacha à la presse et au public les détails anormaux, et l'on envoya à Dunwich et à Aylesbury des hommes chargés de rechercher les biens du défunt Wilbur Whateley et d'avertir tous ceux qui pourraient être ses héritiers. Ils trouvèrent le pays dans une grande agitation, en raison à la fois des grondements croissants sous les collines en dômes, de la puanteur extraordinaire et des bruits de houle et de clapotement qui s'élevaient, de plus en plus forts, de la grande coque vide qu'était devenue la ferme condamnée des Whateley. Earl Sawyer, qui s'occupait du cheval et du bétail en l'absence de Wilbur, était dans un terrible état nerveux. Les fonctionnaires trouvèrent des excuses pour ne pas pénétrer dans la bruyante demeure barricadée, et se contentèrent d'une seule visite pour passer en revue le logement du défunt, les appentis récemment réparés. Ils déposèrent un énorme rapport au tribunal d'Aylesbury, et l'on dit que l'héritage est toujours en litige entre les innombrables Whateley, décadents ou non, de la vallée du haut Miskatonic.

Un manuscrit presque interminable en caractères étranges, écrit sur un registre géant et considéré comme une sorte de journal à cause des espacements et des changements d'encres et d'écritures, intrigua considérablement ceux qui le découvrirent sur le vieux bureau qui servait de pupitre à son propriétaire Après une semaine de discussion on l'envoya à l'université de Miskatonic, en même temps que la collection de livres étranges du défunt, pour étude et si possible traduction ; mais les meilleurs linguistes eux-mêmes virent immédiatement qu'il serait très difficile à déchiffrer. Jusqu'à maintenant on n'a pas trouvé trace des antiques pièces d'or qu'utilisaient toujours Wilbur et le vieux Whateley pour payer leurs dettes.

Ce fut le 9 septembre à la nuit tombée que l'horreur se déchaîna. Les bruits des collines avaient été très forts pendant la soirée, et les chiens aboyèrent frénétiquement toute la nuit. Les premiers levés le 10 remarquèrent dans l'air une particulière puanteur. Vers sept heures, Luther Brown, le petit valet de chez George Corey, entre Gold Spring Glen et le village, rentra en courant du pré des Dix-Arpents où il avait mené les vaches ce matin-là. Il était presque convulsé de terreur quand il surgit en trébuchant dans la cuisine ; et dehors dans la cour, piétinant et meuglant d'une voix lamentable, le troupeau avait suivi le garçon dont il partageait l'affolement. Haletant, Luther essaya de balbutier son histoire devant Mrs. Corey.

« Là-haut su'la route d'l'aut'côté du ravin, mam'Corey — y a quéque chose qu'a passé par là ! Ça sent comme le tonnerre, et tous les buissons et les p'tits arbres y sont r'poussés d'la route comme si on y avait traîné une maison Et ça c'est pas l'pire. Y a des *marques* sur la route, mam'Corey — des grandes marques rondes grosses comme le d'sus d'un tonneau, toutes enfoncées profond comme un éléphant qui s'irait passé, *mais y en a bien plus qu'on peut en faire avec quat'pattes !* J'en ai r'gardé une ou deux avant de m'sauver, et j'ai vu qu'a zétaient couvertes de lignes qui s'étalent tout autour comme si on avait enfoncé sur la route une grande feuille de palmier — mais deux ou trois fois grosses comme a sont. Et l'odeur était abominab'pareil qu'autour d'la vieille maison du sorcier Whateley... »

Il s'interrompit et sembla repris du frisson de peur qui l'avait lancé à toutes jambes sur le chemin du retour. Mrs. Corey, n'ayant pu en tirer d'autres renseignements, se mit à téléphoner aux voisins, propageant ainsi une panique qui annonçait de plus grandes terreurs. Quand elle eut au bout du fil Sally Sawyer, la gouvernante de chez

Seth Bishop, le plus proche voisin des Whateley, ce fut son tour d'écouter au lieu de raconter ; car Chauncey, le fils de Sally, qui dormait mal, était monté sitôt levé sur la colline du côté de chez les Whateley, pour en revenir à tout allure, épouvanté après un coup d'œil sur la ferme et sur le pâturage où les vaches de Mr. Bishop avaient été laissées durant la nuit.

« Oui, mam'Corey, dit Sally d'une voix tremblante dans le réseau local, Chauncey est r'venu au galop, et y pouvait pas seulement parler tellement qu'il avait peur ! Y dit qu'la maison du vieux Whateley est tout éclatée, avec les poutres partout comme s'y avait eu d'la dynamite dedans ; y a qu'le plancher qu'est pas crevé, mais il est couvert d'un genre de goudron qui pue terriblement et qui coule par terre tout autour où la charpente des murs a sauté. Et y a des marques terrib'dans la cour aussi — des grosses marques rondes pareil qu'une barrique et toutes gluantes de c'truc comme dans la maison éclatée. Chauncey dit qu'elles mènent dans les prés, où y a une grande piste écrasée pus large qu'une grange, et tous les murs de pierre y sont écroulés partout où qu'a passe.

« Et y dit comme ça, mam'Corey, qu'il a pensé à chercher les vaches de Seth, terrifié comme il était ; et y les a trouvées dans l'péturage tout en haut près du Bal du Diable, dans un drôle d'état. La moitié a complètement disparu, et la moitié de c'qui reste, on y a sucé l'sang, avec des plaies comme y en avait toujours sur les bêtes aux Whateley depuis qu'le p'tit noiraud à Lavinny est né. Seth à présent il est sorti pour les voir, mais j'suis sûre qu'y n'ira pas tout près d'chez l'sorcier Whateley ! Chauncey a pas ben r'gardé où menait la grande piste écrasée après le péturage, mais y dit qu'c'est p'têt'ben vers la route du ravin qui va au village.

« J'vous l'dis, mam'Corey, y a queque chose qui traîne qu'y d'vrait pas, et moi, pour commencer, j'pense que c'noiraud d'Wilbur Whateley, qu'a eu la fin qu'y méritait, a manigancé tout ça. Y l'tait pas vraiment humain, j'l'ai toujours dit ; et j'pense que lui et l'vieux Whateley ont fait pousser queque chose dans c'te maison toute fermée qu'était encore moins humain qu'eux. Y a toujours eu des choses à pas voir autour de Dunwich — des choses vivantes — pas humaines et qu'sont pas bonnes pour les humains.

« La terre a parlé l'aut'nuit, et su'l'matin Chauncey il a entendu les engoulevents à Col'Spring Glen, si fort qu'y pouvait pus dormir. Pis il a cru entend'aut'chose vers chez l'sorcier Whateley — comme du bois fendu et arraché, pareil qu'une grosse boîte ou un cageot qu'on ouvre de force. Enfin avec tout ça il a pas pu dormir jusqu'au l'ver du soleil, et sitôt d'bout a fallu qu'il aille voir c'qu'y se passait chez les Whateley. L'en a assez vu, j'vous l'dis, mam'Corey ! C'est pas bon signe, et j'pense que tous les hommes du coin devraient ben s'mettre en groupe pour faire quelque chose. J'sens v'nir une chose terrib', et pt'êt'ben qu'mon heure est venue, mais Dieu seul sait au juste c'que c'est.

« Vot'Luther a-t'y vu où vont les grosses marques ? Non ? Ben, mam'Corey, si c'est sur la route du ravin, de c'côté-ci, et qu'a sont pas encore à vot'maison, on peut compter qu'a vont dans le ravin. Pas vrai ? J'ai toujours dit que Col'Spring Glen c'est pas un endroit sain ni convenable. Les engoulevents et les lucioles s'conduisent jamais là-bas comme des créatures de Dieu, et y en a qui disent qu'on entend des créatures bizarres qui dévalent et qui causent si on s'met au bon endroit, entre les éboulis et la Grotte de l'Ours. »

À midi les trois quarts des hommes et des gamins de Dunwich, attroupés sur les routes et les prairies entre les récentes ruines des Whateley et Cold Spring Glen, examinaient avec horreur les larges, monstrueuses empreintes, le bétail estropié de Bishop, les décombres étranges et répugnants de la ferme, la végétation écrasée et foulée des champs et des talus.

Ce qui s'était déchaîné sur le monde avait dû sans aucun doute s'enfoncer dans le grand ravin sinistre, car tous les arbres qui le bordaient étaient tordus et brisés, et une large allée avait été creusée dans les broussailles de la pente abrupte. Comme si une maison, emportée par une avalanche, avait glissé dans l'enchevêtrement de tout ce qui poussait sur la pente presque verticale. Aucun bruit ne montait du fond, mais seulement une lointaine, indéfinissable puanteur ; et il n'était pas étonnant que les hommes préfèrent rester au bord, à discuter, plutôt que descendre braver dans son repaire l'horreur cyclopéenne inconnue. Trois chiens qui se trouvaient avec eux, après avoir aboyé furieusement au début, semblaient timides et hésitants en approchant du ravin. Quelqu'un téléphona les nouvelles au *Aylesbury Transcript*, mais le rédacteur en chef, habitué aux folles histoires de Dunwich, se contenta de rédiger un entrefilet humoristique ; lequel fut reproduit peu après par l'*Associated Press*.

Cette nuit-là chacun rentra chez soi, et toutes les maisons et les granges furent soigneusement barricadées. Inutile de dire qu'on ne laissa aucun bétail dans les pâturages en plein vent. Vers deux heures du matin, une effroyable puanteur et les aboiements furieux des chiens réveillèrent la maisonnée chez Elmer Frye, du côté est de Cold Spring Glen, et tous reconnurent qu'ils entendaient une sorte de bruissement ou de clapotis étouffé quelque part dehors. Mrs. Frye proposa de téléphoner aux voisins, et Elmer allait accepter lorsqu'un bruit de bois qui se fend interrompit leurs réflexions. Il venait apparemment de la grange, et fut immédiatement suivi d'un piétinement et de cris affreux parmi le bétail. Les chiens, la bave à la bouche, se tapirent aux pieds de la famille paralysée de terreur. Frye alluma une lanterne, par la force de l'habitude, mais il savait bien que s'aventurer dans la cour obscure de la ferme serait aller à une mort certaine. Les enfants et les femmes gémissaient, se gardant de crier par un reste d'obscur instinct de défense qui les persuadait de garder le silence pour préserver leur vie. Finalement le vacarme du bétail fit place à des plaintes pitoyables, auxquelles succédèrent un claquement, un fracas et des craquements terribles. Les Frye, blottis les uns contre les autres dans le salon, n'osèrent plus bouger tant que les derniers échos ne se furent pas éteints tout au fond de Cold Spring Glen. Alors, au milieu des gémissements lugubres de l'étable et des piaillements démoniaques des derniers engoulevents dans le ravin, Selina Frye alla d'un pas chancelant jusqu'au téléphone pour répandre la nouvelle de cette seconde phase de l'horreur.

Le lendemain tout le pays était en proie à la panique ; des groupes craintifs et taciturnes allaient et venaient sur les lieux où l'abominable chose s'était manifestée. Deux pistes titanesques de destruction s'étendaient du ravin à la ferme des Frye, des empreintes monstrueuses couvraient les zones de terre dénudées, et tout un côté de la vieille grange rouge était complètement effondré. Du bétail, un quart seulement put être retrouvé et identifié. Il ne restait que des morceaux singuliers de certaines bêtes, et il fallut abattre celles qui vivaient encore. Earl Sawyer suggéra de demander de l'aide à Aylesbury ou à Arkham, mais les autres soutinrent que ce serait inutile. Le vieux Zebulon Whateley, d'une branche qui hésitait à mi-chemin entre la salubrité et la décadence, fit mystérieusement des insinuations extravagantes à propos de rites qui devaient être célébrés au sommet des collines. Il venait d'une lignée où les traditions restaient très fortes, et ses souvenirs de psalmodies au milieu des grands cercles de pierre n'avaient aucun rapport avec Wilbur et son grand-père.

La nuit tomba sur un pays accablé, trop passif pour organiser une défense efficace. Quelques rares familles très unies se regroupèrent pour veiller dans l'obscurité sous un même toit ; mais en général on ne fit que répéter les précautions de la nuit précédente et ces gestes inefficaces et dérisoires de charger les mousquets et de garder les fourches à portée de la main. Néanmoins rien ne se produisit sinon des bruits dans les collines ; et quand le jour se leva, il y en eut plus d'un pour espérer que cette nouvelle horreur était partie aussi vite qu'elle était venue. Des âmes intrépides proposèrent même une expédition au fond du ravin, sans toutefois se risquer à donner concrètement l'exemple à la majorité encore peu enthousiaste.

Le soir venu, on s'enferma de nouveau, mais il y eut moins de veillées de familles. Le matin chez les Frye comme chez Seth Bishop on rapporta l'excitation des chiens et les puanteurs au loin, tandis que des explorateurs matinaux remarquèrent avec effroi une série d'empreintes monstrueuses toutes fraîches sur la route contournant Sentinel Hill. Comme auparavant, les bords de la route témoignaient par leurs ravages de la masse formidable de la blasphématoire horreur ; la disposition des traces semblait prouver un passage dans les deux sens comme si la montagne en marche était venue de Cold Spring Glen et y était retournée par le même chemin. Au pied de la colline une foulée d'arbustes écrasés sur trente pieds de large montait à pic, et les chercheurs stupéfaits constatèrent que les pentes les plus raides ne faisaient pas dévier l'inexorable piste. Quelle que fût cette horreur, elle pouvait escalader une falaise rocheuse abrupte d'une verticalité presque absolue ; et quand ils eurent gagné le faîte de la colline par des voies plus praticables, les enquêteurs s'aperçurent que la piste finissait là — ou plutôt qu'elle en repartait.

C'était là que les Whateley allumaient leurs feux et psalmodiaient leurs rites d'enfer près de la table de pierre, la veille du 1er mai et de la Toussaint. À présent cette même pierre était le centre d'un vaste espace foulé à mort par la montagne de cauchemar, et le sol légèrement concave portait une boue épaisse et fétide de la même viscosité bitumeuse qu'on avait déjà remarquée sur le plancher de la ferme détruite des Whateley, quand l'horreur s'était échappée. Les hommes se regardèrent en murmurant. Puis ils examinèrent le bas de la colline. Manifestement, le monstre avait pris pour descendre le même chemin que pour monter. Toute hypothèse était vaine. La raison, la logique, les notions normales de motivation se trouvaient renversées. Seul le vieux Zebulon, qui n'était pas avec eux, aurait pu être à la hauteur de la situation ou suggérer une explication plausible.

La nuit du jeudi débuta comme les autres, mais elle finit moins heureusement. Dans le ravin, les engoulevents crièrent avec tant d'insistance que beaucoup de gens ne purent dormir, et vers trois heures du matin, tous les téléphones de la ligne commune sonnèrent furieusement. Ceux qui décrochèrent entendirent une voix folle de terreur hurler : « Au secours, oh ! mon Dieu !... » et certains crurent saisir un fracas aussitôt après l'exclamation. Ce fut tout. Personne n'osa bouger, et personne ne sut jusqu'au matin d'où venait l'appel. Alors, ceux qui l'avaient reçu appelèrent tous les autres sur la ligne et l'on s'aperçut que seuls les Frye ne répondaient pas. La vérité se révéla une heure plus tard, quand un groupe d'hommes armés, hâtivement réunis, parvint péniblement chez les Frye au sommet du ravin. C'était horrible, plus que surprenant à vrai dire. Il y avait de nouvelles foulées et des empreintes monstrueuses, mais il n'y avait plus de maison. Elle était écrasée comme une coquille d'œuf, et parmi les ruines on ne découvrit rien de vivant ni de mort. Rien que puanteur et viscosité bitumeuse. Les Elmer Frye avaient été gommés de Dunwich.

VIII

Pendant ce temps, une autre phase de l'horreur, plus discrète mais spirituellement plus poignante encore, s'était déroulée à Arkham, obscurément, derrière la porte close d'une pièce aux murs couverts de livres. Le curieux registre ou journal manuscrit de Wilbur Whateley, remis à l'université de Miskatonic pour être traduit, avait causé beaucoup d'embarras et de perplexité chez les spécialistes des langues tant anciennes que modernes ; son alphabet même, malgré une approximative ressemblance avec l'arabe lourdement encré qu'on utilisait en Mésopotamie, restait absolument inconnu de toutes les autorités compétentes. L'ultime conclusion des linguistes fut que le texte utilisait un alphabet artificiel, qui constituait un code ; mais aucune des méthodes habituelles de déchiffrage cryptographique ne semblait apporter le moindre indice, même appliquée à toutes les langues que le rédacteur eût pu vraisemblablement employer. Les livres anciens rapportés de chez Whateley, prodigieusement intéressants, et qui ouvraient à bien des égards de nouvelles et terribles perspectives de recherche aux philosophes et aux hommes de science, ne furent d'aucun secours dans le cas présent. L'un d'eux, lourd volume au fermoir de fer, était écrit en un autre alphabet inconnu — d'un genre très différent cette fois, qui rappelait surtout le sanscrit. Le vieux registre fut enfin confié aux seuls soins du docteur Armitage, en raison de l'intérêt particulier qu'il portait à l'affaire Whateley, et aussi de sa vaste érudition linguistique ainsi que de son intelligence des formules ésotériques de l'Antiquité et du Moyen Âge.

Armitage supposait que l'alphabet pouvait être un mode de transmission secret au service de certains cultes interdits qui viennent d'époques très anciennes, et ont hérité de préceptes et de traditions des magiciens du monde sarrasin. Cette question, toutefois, ne lui paraissait pas d'importance vitale ; en effet il serait inutile de connaître l'origine des symboles si, comme il le soupçonnait, ils servaient de chiffre dans une langue moderne. Il était persuadé, étant donné l'abondance du texte en question, que le rédacteur n'avait pas pris la peine d'utiliser un autre idiome que le sien, sauf peut-être dans quelques formules et incantations spéciales. En conséquence il s'attaqua au manuscrit en partant du principe que pour l'essentiel il était en anglais.

Le docteur Armitage savait, d'après les échecs répétés de ses collègues, que l'énigme était des plus ardues et complexes, et qu'aucun mode de décryptage courant ne méritait même un essai. Pendant tout le mois d'août il se nourrit du savoir accumulé en fait de cryptographie ; faisant appel à toutes les ressources de sa propre bibliothèque, et se plongeant nuit après nuit dans les arcanes de la *Poligraphia* de Trithemius, du *De Furtivis Literarum Notis* de Giambattista Porta, du *Traité des chiffres* de Vigenère, de la *Cryptomenysis Patefacta* de Falconer, des traités du XVIIIe siècle de Davy et Thicknesse, et d'autorités modernes telles que Blair, von Marten et le *Kryptographik* de Klüber [1]. Il entrecoupait son étude de ces livres d'incursions dans le manuscrit lui-même, et il finit par se convaincre qu'il avait affaire à l'un de ces cryptogrammes particulièrement subtils et ingénieux où plusieurs listes indépendantes de lettres correspondantes sont agencées comme la table de multiplication, et le message composé de mots clés arbitraires connus des seuls initiés. Les autorités anciennes paraissaient plus utiles que les plus récentes, et Armitage conclut que le code du manuscrit était de haute antiquité, transmise à n'en pas douter par une longue lignée d'occultistes

1. Contrairement au *Necronomicon* d'Abdul Alhazred, les œuvres et les auteurs cités dans ce passage sont réels, même si Lovecraft joue sur quelques ambiguïtés (pour Blair et Davy notamment).

expérimentateurs. À plusieurs reprises il se crut sur le point d'y voir clair, pour se trouver encore retardé par un obstacle imprévu. Puis, septembre approchant, les nuages se dissipèrent. Certaines lettres utilisées dans telle ou telle partie du manuscrit émergèrent définitivement, sans erreur possible ; et il devint évident que le texte était vraiment en anglais.

Le soir du 2 septembre la dernière grande barrière céda et le docteur Armitage lut pour la première fois un passage suivi des annales de Wilbur Whateley. C'était en effet un journal, comme on l'avait pensé ; il était rédigé dans un style qui montrait clairement le mélange d'érudition ésotérique et d'ignorance générale de l'être bizarre qui l'avait écrit. Le premier long passage qu'Armitage déchiffra, daté du 26 novembre 1916, se révéla des plus inattendus et inquiétants. Celui qui l'écrivait était alors, il s'en souvint, un enfant de trois ans et demi qui semblait un gamin de douze ou treize ans.

> « Aujourd'hui appris l'Aklo pour le Sabaoth, qui me plaît pas vu qu'on peut lui répondre de la colline mais pas d'en l'air. La chose en haut est plus en avance sur moi que j'aurais cru, et elle a pas l'air d'avoir beaucoup de cervelle de ce monde. Tué Jack, le colley à Elam Hutchin quand y allait me mordre, et Elam dit qu'il me tuerait s'il osait. Je crois pas qu'il le fera. Grand-père m'a fait répéter sans arrêt la formule Dho la nuit passée, et je crois que j'ai

vu la cité de dedans aux deux pôles magnétiques. J'irai à ces pôles quand la terre sera nettoyée, si je peux m'en sortir avec la formule Dho-Hna quand je ferai ça. Ceux de l'air m'ont dit au Sabbat qu'y faudra des années avant que je peux nettoyer la terre, et je crois qu'alors grand-père sera mort, aussi je dois étudier tous les angles des plans et toutes les formules entre le Yr et le Nhhngr. Ceux du dehors aideront, mais y faut du sang humain pour qu'y prennent un corps. La chose en haut a l'air d'être tout à fait ce qu'y faut. Je peux la voir un peu quand je fais le signe Voorish ou que j'y souffle dessus la poudre à Ibn Ghazi, et elle est presque comme eux sur la colline la veille du 1er mai. L'aut'figure s'en ira ptêt un peu. Savoir comment j'serai si la terre est nettoyée et qu'y a pus de créatures dessus. Çui qu'est venu avec l'Aklo Sabaoth a dit que je peux être transfiguré, si y a beaucoup du dehors qui aide. »

Le matin trouva le docteur Armitage glacé de terreur et dans l'égarement d'une longue veille de concentration. Il n'avait pas quitté le manuscrit de toute la nuit, assis à sa table sous la lumière électrique et tournant les pages de ses mains tremblantes, aussi vite qu'il pouvait déchiffrer le texte codé. Il avait fébrilement téléphoné à sa femme qu'il ne rentrerait pas, et quand elle lui apporta de la maison un petit déjeuner il réussit à peine à en avaler une bouchée. Il continua sa lecture toute la journée, exaspéré quand çà et là une nouvelle application de la clé compliquée devenait nécessaire. On lui apporta un déjeuner et un dîner dont il mangea quelques miettes. Vers le milieu de la nuit suivante il s'assoupit dans son fauteuil, mais fut bientôt réveillé par un chaos de cauchemars presque aussi hideux que les réalités et les menaces dont il avait découvert les périls pour la vie humaine.

Le matin du 4 septembre, le professeur Rice et le docteur Morgan insistèrent pour le voir un moment, et repartirent blêmes et tremblants. Il se coucha ce soir-là mais ne dormit que de façon intermittente. Le lendemain, mercredi, il revint au manuscrit et commença à prendre beaucoup de notes aussi bien du texte en cours que des pages déjà déchiffrées. Passé minuit il dormit un peu dans un fauteuil de son bureau, mais se remit à la tâche avant l'aube. Vers midi son médecin, le docteur Hartwell, vint le voir, insistant pour qu'il interrompe son travail. Il refusa, laissant entendre qu'il était pour lui d'un intérêt vital d'achever la lecture du journal, et promettant de s'en expliquer le moment venu. Ce soir-là, au crépuscule, il termina ce terrible dépouillement et retomba, épuisé, sur son siège. Sa femme, en lui apportant son dîner, le trouva dans un semi-coma ; mais il restait assez conscient pour l'arrêter d'un cri perçant lorsqu'il la vit jeter les yeux sur les notes qu'il avait prises. Se levant péniblement, il rassembla les papiers griffonnés et les enferma dans une grande enveloppe qu'il rangea immédiatement dans la poche intérieure de son veston. Il eut la force de rentrer chez lui mais il était clair qu'il avait besoin d'une consultation et l'on appela aussitôt le docteur Hartwell. Tandis que le médecin le mettait au lit, il ne fit que répéter à mi-voix : « *Mais que faire, mon Dieu, que faire ?* »

Le docteur Armitage dormit mais le lendemain il délirait à moitié. Sans rien expliquer à Hartwell, il parlait dans ses moments de calme de la nécessité impérieuse d'une longue conférence avec Rice et Morgan. Ses divagations les plus folles étaient en fait très inquiétantes ; il criait frénétiquement qu'il fallait détruire quelque chose dans une ferme aux fenêtres condamnées, faisait des allusions extravagantes à certain plan pour extirper de la terre l'espèce humaine tout entière, les animaux et les plantes, au profit d'une effroyable race antique d'êtres venus d'une autre dimension. Il criait que le monde était en péril, que les Anciens voulaient le dépouiller et l'arracher du système solaire et du cosmos de la matière pour le réintégrer dans quelque autre plan ou niveau d'entité d'où il était autrefois tombé, voici des éternités. À d'autres moments, il réclamait le redoutable *Necronomicon* et la *Daemonolatreia* de Remigius, où il espérait trouver une formule pour conjurer le péril.

« Arrêtez-les, arrêtez-les ! hurlait-il. Ces Whateley voulaient les faire venir, et le pire de tous est resté ! Dites à Rice et à Morgan qu'il faut faire quelque chose — c'est un risque à courir, mais je sais comment fabriquer la poudre... Il n'a pas été nourri depuis le 2 août, quand Wilbur trouva la mort ici, et à ce train... »

Mais il avait une forte constitution malgré ses soixante-treize ans, et se remit en dormant de son indisposition, sans même un accès de fièvre. Il se réveilla tard le vendredi, parfaitement lucide, mais grave, avec une crainte obsédante et le sentiment d'une écrasante responsabilité. Le samedi après-midi il put se rendre à la bibliothèque, convoquer Rice et Morgan, puis le reste de la journée et le soir les trois hommes se torturèrent l'esprit dans les conjectures les plus folles et la discussion la plus acharnée. On tira énormément de livres étranges et terribles de leurs rayonnages ou des réserves où on les tenait en lieu sûr ; on copia fiévreusement une quantité surprenante de schémas et de formules. Il n'y avait pas place pour le scepticisme. Tous trois avaient vu le corps de Wilbur Whateley étendu dans une salle de ce même bâtiment, et aucun après cela n'aurait seulement songé à traiter le journal comme la divagation d'un fou.

Préviendrait-on la police d'État du Massachusetts ? Les opinions étaient partagées et finalement la négative l'emporta. Il y avait dans tout cela des choses absolument incroyables pour qui n'en aurait rien vu, comme le prouvèrent en effet certaines enquêtes par la suite. Tard dans la nuit on se sépara sans avoir élaboré aucun plan précis, mais Armitage s'occupa toute la journée de dimanche à comparer les formules et à mélanger des ingrédients obtenus au laboratoire du collège. Plus il réfléchissait sur le journal infernal, plus il était enclin à mettre en doute l'efficacité d'un moyen matériel pour anéantir ce que Wilbur Whateley avait laissé derrière lui — cette entité menaçant le monde, dont il ne savait rien, et qui allait se déchaîner dans quelques heures et devenir la mémorable horreur de Dunwich.

Le lundi fut une répétition du dimanche pour le docteur Armitage car la besogne entreprise exigeait une infinité de recherches et d'expériences. Après avoir consulté de nouveau le monstrueux journal il modifia son projet à plusieurs reprises, et comprit qu'il resterait jusqu'au bout une grande marge d'incertitude. Le mardi il établit un plan d'action et se dit qu'il devrait se rendre à Dunwich avant une semaine. Puis le mercredi, ce fut le choc. Relégué modestement dans un coin de l'*Arkham Advertiser*, un petit article facétieux de l'Associated Press racontait que le whiskey de contrebande de Dunwich avait suscité là-bas un monstre qui battait tous les records. Armitage, à moitié assommé, ne put que téléphoner à Rice et à Morgan. Ils discutèrent tard dans la nuit, et le lendemain ils se lancèrent tous trois dans un tourbillon d'activité. Armitage savait qu'il s'attaquait à des forces terrifiantes, mais aussi qu'il n'était pas d'autre moyen de réduire à néant les machinations plus graves et plus pernicieuses que d'autres avaient tramées avant lui.

IX

Le vendredi matin, Armitage, Rice et Morgan partirent en automobile pour Dunwich où ils arrivèrent vers une heure de l'après-midi. Il faisait un temps délicieux, mais même sous le soleil le plus éclatant une sorte de terreur et de présage silencieux semblaient peser sur les collines bizarrement arrondies et les profonds ravins ombreux de la région maudite. On apercevait par instants sur l'un des sommets un sinistre cercle de pierres qui se détachait sur le ciel. À l'ambiance de peur réprimée qui régnait dans la boutique d'Osborn ils comprirent qu'il s'était produit quelque chose d'atroce, et ils apprirent bientôt la destruction de la maison d'Elmer Frye et de sa famille. Pendant tout l'après-midi ils parcoururent les environs de Dunwich, interrogeant les indigènes sur ce qui s'était passé, puis examinant par eux-mêmes avec des saisissements d'horreur croissante les lugubres ruines des Frye et ce qui restait de viscosité bitumeuse, les empreintes impies dans la cour, le bétail blessé de Seth Bishop, et les énormes foulées de végétation écrasée un peu partout. La piste qui gravissait et descendait Sentinel Hill prit aux yeux d'Armitage une signification quasi cataclysmique, et il considéra longuement le funèbre autel de pierre au sommet de la colline.

Finalement les visiteurs, apprenant qu'une équipe de la police d'État était arrivée le matin même d'Aylesbury, en réponse aux premiers témoignages téléphoniques sur la tragédie des Frye, décidèrent de prendre contact avec les policiers pour comparer dans la mesure du possible les éléments d'information. Ce qui s'avéra toutefois plus facile à dire qu'à faire ; car on ne trouva pas trace du groupe, dans aucune direction. Ils étaient venus à cinq en voiture, mais à présent l'auto restait vide près des ruines dans la cour des Frye. Les indigènes qui leur avaient parlé parurent d'abord aussi déconcertés qu'Armitage et ses compagnons. Puis le vieux Sam Hutchins, frappé par une idée subite, pâlit, donna un coup de coude à Fred Farr et balbutia en montrant la fosse humide et profonde qui béait tout près de là.

« Bon Dieu ! j'leur avais pourtant dit d'pas descendre dans l'ravin, et j'ai jamais pensé qu'personne le f'rait avec ces traces et c't'odeur et les engoulevents qui crient là-dedans dans l'noir en plein midi... »

Un frisson glacé parcourut les visiteurs aussi bien que les gens du pays, et toutes les oreilles se tendirent instinctivement en une sorte d'attente inconsciente. Maintenant qu'il avait vraiment constaté l'horreur et son œuvre détestable, Armitage tremblait de la responsabilité qui pesait sur lui. La nuit tomberait bientôt, et c'est alors que la gigantesque malédiction prendrait pesamment sa mystérieuse course. *Negotium perambulans in tenebris*... Le vieux bibliothécaire se répétait la formule qu'il avait apprise par cœur, et serrait dans sa main le papier où était inscrite la seconde qu'il ne se rappelait pas. Il vérifia le bon fonctionnement de sa torche électrique. Rice à côté de lui tira d'une valise un pulvérisateur métallique comme ceux qu'on utilise pour combattre les insectes, tandis que Morgan sortait de son étui le fusil de chasse de gros calibre auquel il faisait confiance malgré ce qu'affirmait son collègue sur l'inutilité des armes matérielles.

Armitage, qui avait lu le hideux journal, savait trop bien à quel genre de manifestation il devait s'attendre ; mais il craignait d'ajouter à la terreur des gens de Dunwich en donnant certains indices ou soupçons. Il espérait pouvoir vaincre le mal sans rien révéler au monde du monstre auquel il aurait échappé. Dès que les ombres s'épaissirent, les indigènes commencèrent à partir chacun chez soi, pressés de se barricader dans les maisons en dépit de la preuve flagrante que toutes les serrures et les verrous humains étaient inutiles contre une force qui pouvait à son gré ployer les arbres et broyer les maisons. Ils hochèrent la tête devant la résolution des visiteurs de monter la garde près des ruines des Frye à côté du ravin ; et en les quittant, ils ne s'attendaient guère à jamais revoir les veilleurs.

La terre gronda sous les collines cette nuit-là, et les engoulevents piaillèrent de façon menaçante. De temps à autre, un coup de vent soufflait de Cold Spring Glen, imprégnant l'air lourd de la nuit d'une puanteur indescriptible ; une puanteur que les trois veilleurs avaient déjà perçue quand ils se penchaient sur un monstre agonisant qui pendant quinze ans et demi avait passé pour un être humain. Mais l'abomination attendue ne se montra pas. Ce qui s'embusquait au fond du ravin attendait son heure, et Armitage déclara à ses compagnons qu'il serait suicidaire de vouloir l'attaquer en pleine nuit.

Une aube blême se leva et les bruits nocturnes cessèrent. La journée s'annonçait grise, morne, avec de temps en temps un peu de crachin ; des nuages de plus en plus épais s'accumulaient au nord-est des collines. Les hommes d'Arkham ne savaient trop que faire. S'étant mis à l'abri de l'averse qui redoublait sous les rares appentis intacts des Frye, ils discutaient de l'opportunité d'attendre, ou de provoquer l'attaque en descendant au fond du ravin en quête de leur monstrueux gibier sans nom. Le déluge se faisait plus violent, et des coups de tonnerre assourdis venaient d'horizons lointains.

De larges éclairs illuminèrent le ciel, puis une flèche fourchue étincela, toute proche comme si elle plongeait au cœur du ravin maudit. Comme le ciel devenait très sombre, les veilleurs espérèrent que l'orage serait bref, intense et suivi d'un temps serein.

Il faisait encore affreusement sombre quand, à peine plus d'une heure après, une rumeur de voix confuses se fit entendre sur la route. Presque aussitôt apparut un groupe affolé de plus de douze hommes courant, criant et même gémissant avec frénésie. Quelqu'un qui marchait en tête parvint à sortir quelques mots en sanglotant, et les hommes d'Arkham eurent un sursaut lorsque ces mots prirent une forme cohérente.

« Oh ! mon Dieu, mon Dieu, disait la voix étranglée. Vlà qu'ça r'vient, *et en plein jour à c't'heure !* L'est sorti — l'est sorti et y marche, juste là, et Dieu sait quand y s'ra sur nous ! »

L'homme se tut, haletant, mais un autre reprit son message :

« Y a pas une heure Zeb Whateley a entendu le téléphone sonner, et c'était mam'Corey, la femme à George, qui vit pus bas près du carrefour. A dit qu'son p'tit valet Luther était dehors pour rentrer les vaches à cause d'l'orage après l'gros coup d'tonnerre, quand il a vu tous les arbres qui s'penchaient à la bouche du ravin — à l'aut'bout d'ici — et ça sentait c't'odeur épouvantab', pareil que quand il a trouvé les grosses marques l'aut'lundi matin. A dit qu'y a dit qu'y avait un bruit de glissement, de clapotement, plus fort que l'bruit des arbres et des buissons écartés, pis d'un seul coup les arbres le long d'la route y z'ont été poussés d'un côté, et y a eu un terrib' piétinement, et ça éclaboussait dans la boue. Mais attention, Luther il a rien vu du tout, seulement qu'les arbres et les broussailles écartés.

« Pis loin d'vant, là où l'ruisseau à Bishop passe sous la route, il a entendu un craquement pis un coup horrib'su'l'pont, comme qui dirait un bruit d'bois qui s'met à casser et à s'fend'. Et tout c'temps-là, il a ren vu, ren qu'les arbres et les buissons écartés. Et quand l'bruit d'froissement s'est beaucoup éloigné — sur la route du côté d'chez l'sorcier Whateley et d'Sentinel Hill — Luther a eu les tripes d'aller là où y l'avait entendu d'abord, et de r'garder par terre. C'était que d'la boue et d'l'eau, le ciel était noir, et la pluie effaçait toutes les marques à vue d'œil ; mais à l'entrée du ravin, là où les arbres avaient bougé, y avait encore des marques terrib'grosses comme des tonneaux, pareil qu'il en avait vu lundi. »

À ce moment, le premier orateur excité lui coupa la parole :

« Mais *ça* c'est pas l'pire à c't'heure — c'est que l'commencement. Zeb que v'là était en train d'appeler les gens et tout l'monde écoutait quand on a appelé d'chez Bishop. Sa gouvernante Sally l'était dans tous ses états, a v'nait d'voir les arbres s'courber au bord d'la route, et a dit qu'y avait un bruit d'bouillie comme un éléphant qui souffle et trépigne, et ça v'nait droit sur la maison. Pis a parle d'une odeur épouvantab', et qu'son p'tit gars Chauncey y braillait qu'c'était tout pareil à c'qu'il avait senti lundi matin à côté des ruines aux Whateley. Et tous les chiens aboyaient et geignaient, quelque chose d'effrayant.

« Alors v'là qu'a pousse un cri terrib' pis a dit qu'la remise près d'la route vient d's'effrondrer comme si la tempête l'aurait soufflée, mais l'vent était pas assez fort pour ça. Tout l'monde écoutait et on entendait des tas d'gens sur la ligne qu'étaient haletants. Tout d'un coup Sally a crié encore, a dit qu'la clôture d'la cour d'entrée vient d's'effondrer, sans qu'on voye rien qu'ait pu faire ça. Alors tout l'monde sur la ligne a entendu hurler Chauncey et l'vieux Seth Bishop aussi, pis Sally criait que queque chose de lourd cognait la maison — pas l'éclair ni rien, mais queque chose de lourd qui poussait sans arrêt su'l'devant, malgré qu'on voye rien par les f'nêtes. Et après... après... »

La terreur creusait tous les visages ; et Armitage, tout tremblant, eut à peine la force de réclamer la suite.

« Alors Sally a crié : "Au secours, la maison s'écroule..." Et on a entendu un fracas terrib', et des cris, des cris... pareil que chez Elmer Frye, mais pire... »

L'homme se tut et un autre prit la parole.

« C'est tout — pas un bruit ni un cri d'souris au bout du fil après ça. Rien qu'le silence. Nous aut'qu'on avait entendu, on a pris les Ford et les charrettes et on a rassemblé chez Corey tous les gars solides qu'on a pu trouver, et on est v'nus voir c'que vous pensez qu'on peut faire. Mais moi j'crois qu'c'est l'châtiment du Seigneur pour nos iniquités, et qu'pas un mortel peut y échapper. »

Armitage comprit que le moment d'agir était venu, et s'adressa d'un ton ferme au groupe indécis des paysans épouvantés.

« Mes amis, il faut poursuivre cette chose. » Son ton se faisait aussi rassurant que possible. « Je crois qu'il y a une chance de la mettre hors d'état de nuire. Vous savez que ces Whateley étaient sorciers, eh bien ce monstre est une espèce de sorcellerie, et doit être vaincu par les mêmes moyens. J'ai étudié le journal de Wilbur Whateley et certains des vieux livres étranges qu'il avait l'habitude de lire ; et je crois connaître la formule magique qu'il faut réciter pour le faire disparaître. Naturellement, on ne peut pas être sûr, on peut pourtant tenter sa chance. Il est invisible — je le prévoyais — mais une poudre projetée par ce pulvérisateur à longue portée devrait le faire apparaître une seconde. Nous l'essaierons plus tard. Si effroyable que soit l'existence d'une telle créature, ce n'est rien en comparaison de ce que Wilbur aurait déchaîné s'il avait vécu plus longtemps. Vous ne saurez jamais à quoi le monde a échappé.

Pour l'instant nous n'avons qu'un seul ennemi à combattre, et il ne peut pas se multiplier. Il peut néanmoins faire beaucoup de mal ; aussi nous ne devons pas hésiter à en débarrasser la communauté.

« Nous devons le suivre et nous rendre pour commencer à l'endroit qu'il vient de détruire. Que quelqu'un montre le chemin — je ne connais pas très bien vos routes, mais je suppose qu'il doit y avoir un raccourci à travers champs. Qu'en dites-vous ? »

Les hommes tergiversèrent un moment, puis Earl Sawyer dit doucement, en pointant un doigt sale sous la pluie qui se calmait peu à peu :

« J'crois que l'plus court pour aller chez Seth Bishop c'est d'couper par le pré qu'est d'vant vous, d'passer l'ruisseau au gué, et monter en traversant l'champ fauché à Carrier et le p'tit bois derrière. Ça vous met su'la route du haut, tout à côté d'chez Seth — un p'tit peu pus loin. »

Armitage partit aussitôt avec Rice et Morgan dans la direction indiquée et la plupart des indigènes suivirent lentement. Le ciel s'éclaircissait, et l'on voyait à plus d'un signe que l'orage touchait à sa fin. Armitage ayant par inadvertance pris une mauvaise direction, Joe Osborn l'en avertit et passa devant pour lui montrer la bonne. Le courage et la confiance revenaient ; mais ces qualités furent mises à rude épreuve dans la pénombre de la pente boisée presque à pic qui marquait la fin de leur raccourci et qu'il fallut escalader comme une échelle parmi ses arbres prodigieusement anciens.

Ils émergèrent enfin sur une route boueuse pour voir briller le soleil. Ils se trouvaient un peu au-delà de la ferme de Seth Bishop, mais les arbres ployés et les traces hideuses montraient clairement ce qui était passé par là. On ne s'attarda qu'un moment près des ruines après le tournant. C'était partout la répétition du drame des Frye, et on ne trouva rien de mort ou vivant dans les coquilles écrasées qui avaient été la maison Bishop et sa grange. Nul ne se souciait de rester là au milieu de cette puanteur et de cette viscosité bitumeuse, et tous se tournèrent instinctivement vers la piste des horribles empreintes qui menait à la ferme dévastée des Whateley et aux pentes de Sentinel Hill couronnées par l'autel.

En passant devant ces lieux où avait habité Wilbur Whateley, ils frissonnèrent visiblement et il sembla qu'une certaine hésitation se mêlait de nouveau à leur zèle. Ce n'était pas une plaisanterie de suivre à la trace une chose invisible, grosse comme une maison et animée de toute la malveillance haineuse d'un démon. Face au pied de Sentinel Hill les traces quittaient la route, et on voyait des marques fraîches d'écrasement et de foulage le long de la vaste piste qui indiquait le chemin du monstre pour gagner le sommet et en redescendre.

Armitage sortit une longue-vue de poche d'une considérable puissance pour scruter le flanc escarpé et verdoyant de la colline. Puis il tendit l'instrument à Morgan, dont la vue était plus perçante. Un instant plus tard, Morgan poussa un cri et, passant la lunette à Earl Sawyer, montra du doigt un point de la pente abrupte. Sawyer, maladroit comme la plupart des gens qui n'ont pas l'habitude des instruments d'optique, tâtonna un peu puis finit par mettre les lentilles au point avec l'aide d'Armitage. Alors son cri fut moins discret que celui de Morgan.

« Dieu tout-puissant, l'herbe et les buissons qui bougent ! V'là qu'y monte — lentement on dirait — y rampe vers le haut à c't'heure, Dieu seul sait pourquoi ! »

Alors un vent de panique sembla se répandre parmi les chercheurs. C'est une chose de poursuivre une entité sans nom, mais autre chose est de la trouver. Les formules magiques étaient peut-être excellentes — mais supposons qu'elles ne le soient pas ? Des voix commencèrent à interroger Armitage sur ce qu'il savait du monstre, et aucune réponse ne parut vraiment satisfaisante. Chacun ressentait la présence toute proche des mutations de la Nature et d'un être totalement interdit et absolument étranger à l'expérience sensée de l'humanité.

X

Finalement les trois hommes d'Arkham — le vieux docteur Armitage à la barbe blanche, le professeur Rice qui grisonnait, et l'assez jeune et maigre docteur Morgan — firent seuls l'ascension du sommet. Après avoir expliqué patiemment sa mise au point et son maniement, ils laissèrent la lunette d'approche au groupe effrayé qui restait sur la route; et leur ascension fut attentivement suivie par ceux qui se passaient l'instrument à tour de rôle. Ce fut très dur, et Armitage dut plus d'une fois se faire aider. Bien au-dessus du trio en plein effort, l'énorme foulée frémissait sous la masse infernale qui passait une fois de plus avec une lenteur d'escargot. Puis il devint évident que les poursuivants gagnaient du terrain.

Curtis Whateley — de la branche saine — tenait la lunette quand les hommes d'Arkham s'écartèrent nettement de la piste. Il informa la foule qu'ils essayaient évidemment de gagner une crête intermédiaire qui dominerait la progression du monstre bien au-delà du point où les arbustes à présent se courbaient. Ce qui en effet se vérifia ; on les vit atteindre le sommet mineur peu après le passage de l'horreur invisible.

Alors Wesley Corey, qui avait pris la lunette, cria qu'Armitage ajustait le pulvérisateur que tenait Rice, et que quelque chose allait arriver. La foule s'agita nerveusement, se rappelant qu'on attendait de ce pulvérisateur qu'il révèle une seconde aux regards le fléau inconnu. Deux ou trois hommes fermèrent les yeux, mais Curtis Whateley se jeta sur la longue-vue et concentra au maximum l'acuité de sa vision. Il constata que Rice, du fait de la position avantageuse du trio en arrière et au-dessus de l'entité, avait bien des chances de projeter la puissante poudre avec une merveilleuse efficacité.

Sans longue-vue on n'aperçut que l'image fugitive d'un nuage gris — à peu près de la taille d'un assez grand bâtiment — près du sommet de la colline. Curtis, qui tenait l'instrument, le laissa tomber avec un cri perçant dans l'épaisse boue de la route. Il chancela et se serait affaissé sur le sol si deux ou trois autres ne l'avaient rattrapé et soutenu. Il ne put que gémir d'une voix à peine perceptible :

« Oh ! oh ! grand Dieu... *cette chose... cette chose...* »

Il fut assailli de questions, et seul Henry Wheeler songea à ramasser la lunette et en essuyer la boue. Curtis, incapable de tout discours suivi, émit des réponses hachées qui semblaient encore trop pour lui.

« Pus gros qu'un'grange... rien qu'des cordes qui s'tortillent... un genre de coque pareille qu'un œuf de poule pus gros qu'n'importe quoi, avec des douzaines de pattes comme des barriques qui s'plient quand a marchent... rien de solide dans tout ça — pareil que d'la gelée, et c'est qu'des cordes séparées qui s'trémoussent les un'cont'les aut'... des gros yeux bombés tout partout... dix ou vingt bouches ou trompes qui dépassent d'tous les côtés, grosses comme des tuyaux d'poêle, et s'secouent et s'ouvrent et s'ferment... tout gris avec des espèces d'anneaux bleus ou violets... *et Dieu du ciel — c'te moitié d'figure qu'est au-d'ssus !* »

Ce dernier souvenir, quel qu'il fût, parut achever le pauvre Curtis et il s'effondra complètement sans pouvoir en dire davantage. Fred Farr et Will Hutchins le transportèrent au bord de la route et l'étendirent sur l'herbe humide. Henry Wheeler, tout tremblant, tourna vers les hauteurs la lunette restée libre pour voir ce qu'il pourrait. On distinguait à travers les lentilles trois petites silhouettes, qui semblaient courir vers le sommet aussi vite que le permettait la pente abrupte. Elles seules — rien de plus. Puis chacun remarqua un bruit, inattendu pour la saison, au fond de la vallée derrière et même dans les broussailles de Sentinel Hill. C'était la flûte aiguë d'innombrables engoulevents, et dans leur concert criard rôdait une note d'attente impatiente et mauvaise.

Earl Sawyer s'étant emparé de la longue-vue déclara que les trois silhouettes se trouvaient maintenant sur le sommet le plus haut, pratiquement au niveau de l'autel de pierre mais très loin de lui. L'une d'elles, dit-il, élevait ses mains au-dessus de sa tête à intervalles réguliers ; et au moment où Sawyer le disait, la foule crut entendre au loin un faible son presque musical, comme si une psalmodie sonore accompagnait les gestes. La silhouette bizarre sur cette cime isolée aurait pu sembler un tableau infiniment grotesque et impressionnant, mais aucun des spectateurs n'était disposé aux jugements esthétiques. « J'crois qu'y dit la formule magique », chuchota Wheeler en reprenant la lunette. Les engoulevents criaient sauvagement, et sur un rythme étrange étonnamment irrégulier, tout à fait différent de celui du rituel auquel on assistait.

Soudain le soleil parut perdre son éclat en l'absence de tout nuage visible. Ce fut un phénomène insolite que tous observèrent nettement. Un grondement semblait couver sous les collines, curieusement mêlé à un grondement qui lui répondait mais qui venait clairement du ciel. Un éclair jaillit, et la foule étonnée chercha en vain des signes d'orage. La psalmodie des hommes d'Arkham devenait manifeste et Wheeler vit dans la lunette qu'ils levaient tous trois les bras au rythme de l'incantation. D'une ferme lointaine parvint l'aboiement frénétique des chiens.

La lumière du jour continuait à s'altérer, et la foule regardait l'horizon avec stupeur. Une ombre violette, qui n'était rien de plus qu'un approfondissement spectral du bleu du ciel, pesait sur les collines grondantes. Puis l'éclair jaillit de nouveau, plus étincelant encore, et l'on crut qu'il avait révélé comme une brume loin là-haut autour de l'autel de pierre. Personne pourtant ne se servait de la longue-vue à cet instant. Les engoulevents poursuivaient leur irrégulière pulsation, et les gens de Dunwich rassemblèrent toute leur énergie contre l'impondérable menace dont l'atmosphère semblait chargée.

Sans avertissement survint cette voix profonde, cassée, rauque, qui hantera à jamais la mémoire du groupe accablé qui l'entendit alors. Ces sons n'étaient pas nés d'une gorge humaine, car les organes de l'homme ne sauraient produire de ces perversions acoustiques. On les eût dit plutôt sortis de l'enfer lui-même, si leur source n'avait été manifestement l'autel de pierre sur le sommet. C'est d'ailleurs presque une erreur de parler de sons puisque l'essentiel de leur effroyable timbre d'infra-basse s'adressait à d'obscurs sièges de conscience et de terreur beaucoup plus subtils que l'oreille ; il faut pourtant le faire car ils prenaient, vaguement mais indiscutablement, la forme de *mots* à demi articulés. Sonores — autant que les grondements et le tonnerre auxquels ils faisaient écho — ils ne venaient pourtant d'aucun être visible. Et parce que l'imagination pouvait suggérer une source hypothétique dans le monde des êtres invisibles, la foule blottie au pied de la montagne se serra plus étroitement encore et tressaillit comme dans l'attente d'un coup.

« *Ygnaiih... ygnaiih... thflthkh'ngha... Yog-Sothoth...* » fit le hideux croassement venu de l'espace. « *Y'bthnk... h'ehye — n'grkdl'lh...* »

L'impulsion de parole sembla vaciller, comme si s'était livrée une terrifiante lutte psychique. Henry Wheeler, l'œil rivé à la lunette, ne vit que les trois silhouettes humaines qui se profilaient bizarrement sur la cime, agitant furieusement les bras en gestes étranges tandis que leur incantation atteignait son point culminant. De quels puits ténébreux de crainte ou d'émotions achérontiques, de quels gouffres insondés de conscience extra-cosmique, ou d'obscure hérédité longtemps secrète s'arrachaient ces croassements tonitruants à demi articulés ? Bientôt ils reprirent avec une force et une cohérence renouvelées, grandissant en une pure, totale et ultime frénésie.

« *Eh-ya-ya-ya-yahaah — e'yayayayaaaa... ngh'aaaa... ngh'aaaa... h'yuh... h'yuh...* HELP ! HELP !... FF-FF-FF-FATHER ! FATHER ! YOG-SOTHOTH !... »

Mais ce fut tout. Le groupe blême sur la route, encore bouleversé par les syllabes indiscutablement anglaises qui avaient jailli drues et tonnantes du vide frémissant de fureur près de l'affreux autel de pierre, ne les entendrait plus jamais. Mais ils sursautèrent violemment à la terrifiante détonation qui ébranla les collines, l'assourdissante, cataclysmique explosion dont nul n'a jamais su dire si elle venait du ciel ou des entrailles de la terre. Un seul éclair parti du zénith violet frappa l'autel de pierre, et un formidable raz de marée de forces invisibles avec une indescriptible puanteur déferla de la colline sur toute la campagne. Les arbres, l'herbe et les buissons étaient battus de furieux coups de fouet ; et au pied de la montagne, les gens épouvantés, affaiblis par la fatale pestilence qui menaçait de les asphyxier, faillirent tomber à la renverse. Des chiens hurlèrent au loin, l'herbe verte et le feuillage séchèrent en virant à un étrange gris-jaune malsain, tandis que les champs et les forêts se couvraient de cadavres d'engoulevents.

La puanteur disparut rapidement, mais la végétation ne redevint jamais normale. Aujourd'hui encore, tout ce qui pousse sur cette effroyable colline et aux environs a on ne sait quoi d'impie et de singulier. Curtis Whateley commençait à peine à reprendre conscience quand les hommes d'Arkham descendirent lentement la colline sous les rayons d'un soleil redevenu clair et brillant. Graves et silencieux, ils semblaient ébranlés par des souvenirs et des réflexions beaucoup plus terribles que lorsqu'ils avaient laissé le groupe des indigènes épouvanté et tremblant. En réponse à un désordre de questions ils se contentèrent de hocher la tête en réaffirmant un seul fait capital.

« Le monstre a disparu pour toujours, dit Armitage. Il s'est dispersé dans tous les éléments dont il avait été composé à l'origine, et ne pourra plus jamais exister. C'était une chose impossible dans un monde normal. Une infime proportion en était réellement matérielle au sens où nous l'entendons. Il ressemblait à son père et lui est presque entièrement revenu dans un vague empire ou une dimension extérieure à notre univers matériel, quelque abîme incertain d'où seuls les rites les plus infâmes d'un sacrilège humain ont pu l'attirer un moment sur ces collines. »

Il y eut un bref silence pendant lequel le pauvre Curtis Whateley retrouva un peu le fil de ses idées ; il se prit la tête à deux mains en gémissant. La mémoire semblait revenir là où elle en était restée, et l'horreur du spectacle qui l'avait terrassé surgit de nouveau devant lui.

« Oh ! mon Dieu, c'te moitié d'figure — c'te moitié d'figure qu'est au-d'ssus... c'te figure aux yeux rouges avec sa crinière d'albinos, et pas d'menton, comme les Whateley... C'tait eun'pieuvre, un mille-pattes, eun araignée comme qui dirait, mais y avait eun'moitié d'figure humaine su l'dessus, et a r'semblait au sorcier Whateley, sauf qu'ça avait j'sais pas combien d'yards de large... »

Il se tut, épuisé, tandis que le groupe des indigènes le considérait dans une stupéfaction qui n'était plus cette fois cristallisée par la terreur. Seul le vieux Zebulon Whateley dont l'esprit vagabondait dans les souvenirs d'autrefois, mais qui n'avait rien dit jusque-là, se mit à radoter à haute voix.

« Y a quinze ans d'ça, j'ai entendu l'vieux Whateley qui disait comme ça qu'un jour on entendrait un enfant d'Lavinny crier l'nom d'son père du haut d'Sentinel Hill... »

Mais Joe Osborn l'interrompit pour interroger de nouveau les hommes d'Arkham.

« *Quoi qu'c'était donc en fin d'compte*, et comment qu'il a fait l'jeune sorcier Whateley pour l'faire venir d'là-haut ? »

Armitage choisit soigneusement ses mots.

« C'était, eh bien c'était surtout une sorte de force qui n'appartient pas à l'espace que nous connaissons ; une sorte de force qui agit, se développe et prend forme selon d'autres lois que celles de notre type de Nature. Nous ne devons pas nous mêler de faire venir des choses pareilles de l'extérieur, et seuls les gens très malfaisants et les cultes impies s'y sont jamais risqués. Il y en avait un peu dans Wilbur Whateley — suffisamment pour faire de lui un monstre précoce et un démon, et pour faire de sa mort un spectacle assez effroyable. Je vais brûler son journal maudit, et il serait sage, mes amis, de dynamiter cet autel là-haut et d'abattre tous ces cercles de pierres dressées sur les autres collines. Tout cela attire ici-bas les êtres que les Whateley aimaient tant — les êtres qu'ils allaient manifestement déchaîner pour anéantir l'espèce humaine et pour entraîner la terre on ne sait où, et dans on ne sait quel but.

« Quant au monstre que nous venons de renvoyer, les Whateley l'avaient élevé pour jouer un rôle abominable dans ce qui se préparait. Il poussa vite et fort, de la même manière que Wilbur grandit vite et fort — mais il le dépassa parce qu'il y avait en lui une part plus importante d'*extériorité*. Inutile de demander comment Wilbur l'a fait venir de là-haut. Il ne l'a pas fait venir. *C'était son frère jumeau, mais il ressemblait davantage au père.* »

Tous les papiers utilisés pour les ouvrages des collections Folio sont certifiés et proviennent de forêts gérées durablement.

Impression Novoprint
à Barcelone, le 7 février 2023
Dépôt légal : février 2023

ISBN 978-2-07-301321-7 / Imprimé en Espagne

557588